Ryoko Yakusiji

講談社文庫

東京ナイトメア

薬師寺涼子の怪奇事件簿

田中芳樹

講談社

目次

第一章　華麗すぎる結婚　7
第二章　災厄《さいやく》の国の女王　39
第三章　夜の翼　73
第四章　冷たい雨に閉ざされて　107
第五章　警察官僚と網タイツ　142
第六章　上を下への遁走曲《フーガ》　179
第七章　花嫁は魔女　213
第八章　椅子《いす》は口をきかない　250

解説　西澤保彦　286

口絵・本文イラスト　垣野内成美

東京ナイトメア

薬師寺涼子の怪奇事件簿

第一章　華麗すぎる結婚

I

午後五時をすぎると、晴れた空に淡《あわ》い色の月が浮かんだ。魔女が綱《つな》をひっかけてブランコをこいだら似あいそうな、細い三日月だ。昼のあいだ吹いていた風もやんで、静かに酒を飲むのにふさわしい晩秋《ばんしゅう》の夜がはじまろうとしている。

というのは単なる錯覚で……。

東京都港区三田《みた》のホテル・エンプレス。かつての何とか公爵の邸宅あとに建てられた高級ホテルの地下ティールームに私はいた。私の名は泉田準一郎《いずみだじゅんいちろう》、年齢は三三歳、職業は警察官、階級は警部補《けいぶほ》。選挙が三回あれば二回は投票する善良な小市民。妻子なし。

この日は休日だというのに、私は横暴《おうぼう》な上司《じょうし》に命じられ、ホテル・エンプレスで待機《たいき》していなくてはならないのだった。日本で六番めに高いといわれるコーヒーの味が、ひときわにがい。

このホテルには中庭があって、そこが結婚式場になっていた。

沈床式庭園《サンクンガーデン》というやつで、地面が掘りさげられており、一階から五〇段の広いゆるやかな階段が地下へ向かって伸びている。地面が掘りさげられており、二〇メートル四方ほどの広さの中庭に出るわけだが、そこには大理石が敷きつめられている。そこを降りると、二〇メートル四方ほどの広さの中庭になっており、手摺《てすり》のない橋を渡ると、池の中央に二メートル四方の正方形の島がある。この大理石づくりの島に、新郎新婦《しんろうしんぷ》と牧師《ぼくし》さんが立って、永遠に変わらぬ愛を宣誓《せんせい》するというわけだ。

広いゆるやかな階段の左右両端部からは水が流れ落ちて池にそそいでいた。「流水階段《カスケード》」というやつである。

中庭の一方は地上からの階段になっているわけだが、他の三方は厚いガラスの壁で、アール・デコ調のティールームになっていた。ティールームは建物の外から見ると地下に位置しているが、中庭から見ると同一平面上にあって、光がさしこんでくるようになっている。

中庭で結婚式がおこなわれるときには、ティールームのブラインドがおろされる。このブラインドも薄い紗《しゃ》のもので、室内の客からは結婚式のようすがほぼ完全に見わたせる。ブラインドがおろされるのは、結婚式の参列者が気をちらさないためだという。

となると、新郎新婦などは、ティールームにいる見ず知らずの客たちに、結婚式のようすをすっかり見られてしまうことになる。プライバシーを侵害されて不快になるかというと、そんなことはなくて、自分たちの幸福な姿をひとりでも多くの人に見てもらいたい、という新郎新婦が多いのだそうだ。

私の上司は、この日五時三〇分からはじまる結婚式に出席することになっている。かって に出席すればよさそうなものだが、上司は、自分ひとり不幸な目にはあいたくない、と称して、すでに充分《じゅうぶん》、不幸な部下を呼びつけたのである。

世の中にはケイバツというものがある。この場合は「刑罰」ではなく「閨閥」と書く。私のようなコッパ役人には縁のないことだが、有力者の家どうしが結婚によって結びつき、ひとつのグループになってさらに勢力をひろげていくことだ。日本史でいうと、平安時代の藤原氏が皇室との結婚をかさねて強大な勢力になったのがいい例である。

そういう歴史的なものではないが、この日の結婚式も閨閥がらみだった。新郎も新婦も警察の有力者の子で、今日の式にはオエラガタが多数、出席しているのだ。

「悪いことがおきなきゃいいが……」

私はひとりごちた。ついひと月ほど前のことだ。湾岸副都心の一角に警察の有力者があつまったとき、不可解《ふかかい》な事件がおきて、多くの機動隊員が殉職《じゅんしょく》し、警察庁長官と警視総監《けいしそうかん》とがともに辞任に追いこまれた。それにともない、しばらくは高官の人事で警察内部はずいぶんとあわただしかったものだ。事件の真相はヤミに葬《ほうむ》られたが、その記憶があたらしいと、どうも不吉な感じがする。

「泉田クン、何ボーッとしてるの、上司にあいさつぐらいしたら？」

声がかかって、私は、上司である警視庁刑事部参事官《けいじぶさんじかん》・薬師寺涼子《やくしじりようこ》警視がご到着あそばしたことを知った。

背が高く、脚《あし》が長い。バストとヒップは日本人ばなれした形のよさで張り出し、ウェストはほっそりしまっていた。アメリカのプレイボーイ誌の表紙を飾るにふさわしいプロポーションだ。褐色味《かつしよくみ》をおびた髪は短く、鼻梁《びりよう》がつんと高く、両眼に活力と鋭気《えいき》があふれている。黒のスーツに、タイトのミニスカート、ハイヒール。左の胸には、式に参列するしるしとして、ホテル製の白バラの造花。近くの席の男性客たちが、半ば口をあけて視線を集中させるほどの美女だ。

視線の一部が、私にもそそがれる。羨望《せんぼう》と嫉妬《しつと》のまなざしだ。あんな美女と待ちあわせてるなんて、何という果報者《かほうもの》だ、分不相応《ぶんふそうおう》なやつめ、不幸になってしまえ。

誤解である。

この年下の女性上司のおかげで、善良なる常識人の私がどれほど苦労していることか。交替したいというなら、いつでもかわってやるぞ。

しずしずと歩みよってきたウェイトレスに、アイスミントティーを注文すると、涼子は椅子《いす》の上でむぞうさに脚を組んだ。完全無欠《かんぜんむけつ》の脚線美《きやくせんび》だ。周囲の男どもが唾《つば》をのみこむ音まで聞こえるような気がする。

「ああ、イヤだイヤだ、閨閥《ケイバツ》づくりが目的の不実《フジツ》な結婚式なんかに参列させられるなんて」

「ひとつうかがってよろしいですか」

「何よ」

「そんなにイヤなら、どうして出席なさるんです？　何か口実《こうじつ》をもうけて欠席なさればいいでしょう」

私の問いに、涼子はニヤリと笑った。これほどの美女なのだから「にっこり」といいたいところだが、どう見てもニヤリであった。

「だって、何かとんでもないことがおこって、式がメチャメチャになるかもしれないじゃない。だいたい今日の新郎新婦には、あわせて半ダース、結婚相手とはべつの愛人がいるんだから」

「ご親戚《しんせき》が不幸になるのを期待してるわけですね」

「あたしは結婚式の原因より葬式の原因のほうがずっと好きなだけよ」

「病気や老衰《ろうすい》がですか？」

「ちがうわよ。自然死は神サマの担当。そうでないのは、あたしの担当と決まってるの」

そんなこと、誰が決めたのだ。

「とにかく、あたしはこんなくだらない式、途中でぬけ出すつもりだから、泉田クン、ティールームで待機してて」

「あなたがぬけ出すのはご自由ですが、何で私が待機してなきゃならないんですか」

これは質問ではなく、負けおしみである。シブシブにはちがいないが、呼び出されてここまで来た以上、私の負けは確定している。それでもすこしぐらい、運命にさからってやりたいではないか。

「じゃ、せっかくの休日に何をしたかったのよ」

「午前中に掃除と洗濯をすませて、そのあとは区立図書館にでも……」

「それって、すごく地味《じみ》じゃない？」

「私は地味な地方公務員です。私生活も地味なんです」

ハデなのは上司だけである。

何しろ私の上司である薬師寺涼子は、ただ警視庁一の美女というだけではない。日本中の公務員を集めても、彼女をしのぐ容姿《ようし》の持主はいない。それどころか、私の人生で、直接にせよ間接にせよ、これほどの美女に会ったことはない。「国色無双《こくしょくむそう》」と、古くさい表現を使いたいくらいである。しかも当人がそのことをよく知っていて、悪用《あくよう》するのをためらわないときている。

極上《ごくじょう》の白絹を思わせる肌の下には、「謀叛気《ムホンギ》」がぎっしり詰《つ》まっているのだ。ゆえに彼女の異名は「ドラよけお涼《りょう》」といった。「ドラキュラもよけて通る」という意味である。

II

ドラよけお涼。本名は薬師寺涼子。
神のごとき推理力を持つ（と自称する）彼女は、警視庁刑事部参事官で、階級は警視である。いわゆるキャリア官僚で、年齢はまだ二七歳にすぎない。リヨンの国際刑事警察機構《インターポール》に出向《しゅっこう》した経験があり、射撃も剣道も天才的な技倆《うでまえ》を誇る。東京大学法学部をオール優の成績で卒業し、英語もフランス語も自由自在。父親は日本どころかアジア最大の総合警備会社「ＪＡＣＥＳ《ジャセス》」のオーナー社長で、そのひとり娘である涼子は年間三億円の株式配当《かぶしきはいとう》を受けとる身分だ。

　容姿、能力、財力、どれをとっても完全無欠。欠けているのは良識と協調心ぐらいのものだ。たぶん、悪魔がずいぶんと涼子をひいきにして、そのぶん神さまが手をぬいたのだろう。

　ＪＡＣＥＳという会社はもともと警備と探偵調査の事業からはじまったのだが、いまや巨大コンツェルンとして多角的《たかくてき》な経営をおこなっている。アメリカの保険会社と手を組んで、生命保険や損害保険の分野にも進出した。病院、老人ホーム、護身術《ごしんじゅつ》の教室、現金輸送会社、貸金庫、環境保全システムなど、「安全」をキーワードとして、あらゆる分野に進出している。そして、いたるところに警察OBを配置しており、社長自身から平《ひら》のガードマンにいたるまで、その数は一万人にもなる。

つまり警官にとってはたいせつな再就職先だし、知人やかつての上司、同僚がうようよいるわけだ。今後、涼子がどのていど出世するにしても、いつかかならずJACESのオーナー社長になり、OBたちの生殺与奪《せいさつよだつ》の全権をにぎることになる。涼子より階級の高いオエラガタが、涼子の顔色《かおいろ》をうかがうのも当然だった。なさけないが事実は事実だ。

しかも涼子はうら若い女性ながら、警察内部でひそかに「日本のJ・E・フーヴァー」と呼ばれている。

J・E・フーヴァーはアメリカ連邦捜査局（FBI）の創立者で、「二〇世紀アメリカ最大の怪物」といわれた男だ。表の顔は、アメリカ社会をおびやかす犯罪組織や外国スパイと戦いつづけた正義のヒーロー。裏の顔は、脅迫《きょうはく》と情報操作の達人で、自分の地位と権力を守るため多くの人々をおとしいれた陰謀家。盗聴、盗撮《とうさつ》、手紙の無断《むだん》開封などあらゆる不法な手段を使って、歴代《れきだい》の大統領や大物政治家の個人的な弱みをつかんでいた。その結果、フーヴァーは四八年間にわたってFBI長官の座をしめつづけ、その間、ただの一度も議会によってFBIの予算を審査されることがなかった。

フーヴァーは巨大な組織と巨額の資金を好きかってに使い、きらいな人間には無実の罪を着せて社会的に葬《ほうむ》り、歴代の大統領を脅迫することによって、FBI長官の地位を守りつづけた。J・F・ケネディ大統領やキング牧師の暗殺にかかわった疑惑さえある。彼が死んだとき、ときのニクソン大統領は秘密エージェントを送りこんで、多量の書類を盗み出させたという。

「あたしはFBIのフーヴァー長官を尊敬しておりますの、オホホ」

と涼子がいったとき、まぬけな上層部《おえらがた》は感心したのだが、ほどなく真の意味をさとって青くなった。お涼はすくなくともウソつきではなく、フーヴァー長官を見ならって、せっせと上層部のスキャンダルをさがし、弱みをつかんだ。そのやりくちは、主としてJACESの組織を使ったらしいのだが、企業秘密というわけで、真実は誰も知らない。とにかく、涼子が高笑いとともにすべてのデータを公開すれば、日本警察はスキャンダルの泥沼に沈みこんで崩壊してしまう、といわれているほどだ。

「六社会《ろくしゃかい》」と呼ばれる警視庁記者クラブ《クップク》までもが、涼子にさまざまな弱みをつかまれている。なかには涼子を女王さまとあおいで奉仕《ほうし》につとめる物好きもいるので、新聞もTVも涼子に対しては全面屈伏というありさまなのだ。

かくして、一警視のブンザイで、薬師寺涼子は日本警察を乗っとりつつあるのだった。

涼子の同期生は一七人いるが、ほとんどは地方の県警本部で課長をつとめ、四、五〇人の部下をしたがえている。それにくらべれば、涼子の部下が一〇人というのは、数としてはすくないほうだ。むろんイケニエとしては充分《じゅうぶん》な人数だと思うが。

部下のうちわけは、警部が一名、警部補が一名、巡査部長《じゅんさ》が二名、巡査が四名。一般の事務職員が二名。そのうちの警部補というのが私のことだが、任務は何かというと、キャリア警視どののお傅《も》りである。

現場の捜査官にとって、キャリアほど迷惑《めいわく》なものはない。プライドばかり高く、事件より人事と派閥抗争に興味があり、自分が傷つくことだけを恐れている。その点、涼子は特異《とくい》な存在だが、迷惑さではけっして他のキャリアに劣らない。ただ、部下に迷惑をかける以上の熱心さで、上司にも迷惑をかけるというのが彼女のポリシーらしい。

「どうせ課長をやるなら、いちど捜査一課長をやってみたいわ」

と、彼女は語ったことがある。さすがにこれは無理だろう。

警視庁の課長といえばほとんどキャリアだが、捜査一課長にかぎるとノンキャリアがつとめることになっている。捜査一課の担当は、殺人、強盗、放火、誘拐《ゆうかい》などの兇悪犯罪で、あまり政治性がないし、二四〇人にのぼるベテラン刑事たちを統率するのは、頭でっかちで現場経験のとぼしいキャリアにはとうてい不可能である。

そこで、五〇歳ぐらいの実績豊富な捜査官が、警視の階級で捜査一課長となり、在任中に警視正《けいしせい》に昇進する、というのが、だいたいのパターンということになる。つまり捜査一課長というのはノンキャリアにとって最高の地位といってよい。逆にいうと、それ以上の出世はないから、捜査一課長がいずれ警視総監になる、ということはありえない。おそろしいことに、涼子は、女性として史上最初の警視総監になるかもしれないのだ。もしそれをはばむ女性キャリアがいるとすれば……。

「あら、お由紀《ゆき》じゃないの」

涼子が声をかけた相手がそうだった。彼女と同期の室町由紀子《むろまちゆきこ》警視である。警視庁警備部《けいびぶ》の参事官をつとめている。

薬師寺涼子警視の部下にされて、よかったことがひとつある。女性の外見《がいけん》にまどわされなくなったことだ。もっとも、表現を変えれば、「すれた」ということかもしれない。

室町由紀子は涼子ほどゴージャスではないが、白い肌に長い黒髪、眼鏡《メガネ》の似あう清楚《せいそ》で優雅な知的美人である。父親は何代か前の警視総監で、涼子とは父娘《おやこ》二代にわたる宿敵《ライバル》どうしであった。

「こんなところであなたに会うとは思わなかったわ」

由紀子が冷淡な口調で応《こた》えると、涼子がさらに意地わるく反撃した。

「あきらめるのね。あたしもがまんしてるんだからさ」

由紀子のオーソドックスなスーツの左胸に、涼子とおなじ白バラの造花が見えた。由紀子はとっさに再反撃できず、一瞬の間をおいて涼子に問いかける。

「新郎はわたしの従兄弟《イトコ》にあたる人だけど、あなたは新婦の何にあたるの？」

「新婦はあたしの父の妻の姉の夫の長男の妹よ」

二秒ほど考えこんでから、室町由紀子は柳眉《りゅうび》をさかだてた。

「けっきょくイトコってことじゃないの！　何ではっきりそういわないのよ！」

「あんたが気づくのに何秒かかるか、ためしてみたのよ」

「どうしてあなたにためされなくちゃならないのよ」

「あら、同期生の能力を正確に把握《はあく》して、おとしいれるチャンスをうかがうのが、官僚の義務ってものじゃないの」

「官僚は公僕《こうぼく》よ。公僕は国民につくすのが義務です！」

「オーッホホホホ、何をタワゴトを」

たからかに涼子は嘲笑し、由紀子は憤然《ふんぜん》として、不逞《フテイ》きわまる同期生をにらみつけた。

「あなたね、いっとくけど、そういう不遜《ふそん》な言動を永久につづけることができると思ったら、大まちがいよ。気づいたときにはとっくに夏が終わって冬になってるんだから、そのときになって後悔してもおそいのよ」

「あら、ご心配なく。あたしは常夏《とこなつ》の女。太陽はつねにあたしの頭上にかがやくの」

「過去に落ちぶれていったウヌボレ屋たちも、みんなそう思いこんでいたのよ。あなただって例外じゃないでしょうよ」

「年寄《としよ》りくさいお説教はたくさんよ。落ちぶれたときのことを考えて、いまのうちから低姿勢《ていしせい》をよそおうなんて、偽善者《ギゼンシャ》のやることでしょ！」

女子中学生のケンカみたいだが、これで涼子も由紀子も、浪人なし留年なしで東大法学部を卒業しているのである。由紀子はさぞ勉強家の秀才だったのだろうが、涼子がまじめに受験勉強していたとはとても信じられない。

「おやおや、警視庁の誇る二大才女《さいじょ》が何の口論だい？」

男の声がした。若づくりの声というものがあるものだ。礼服の左胸に白バラの造花を挿《さ》した壮年の男が、自分では魅力的だと信じているらしい笑いをたたえて立っていた。さりげなく後方にひかえている屈強《くっきょう》なスーツ姿の男たちは警護官《SP》である。

政治家の顔などおぼえたくもないが、この人物については、そうはいかない。国務大臣・国家公安委員長、つまり警察全体をおさめている人物なのだ。むろん実権をにぎっているのは警察庁長官や警視総監だから、委員長は飾りものにすぎないが、とにかく地位だけは高い。形だけでも長官や総監はぺこぺこしなくてはならない。それに、何しろまだ三〇代末という若さだから、将来、首相にならないともかぎらないのだ。

私の場合、たがいの地位に天と地ほどの差があるから、かえって気楽である。それでもすわりっぱなしというわけにはいかなかったから、椅子を立ってかしこまった。

涼子がなれなれしく私を紹介する。

「こちら警部補の泉田クン。あたしの忠臣なんですの」

誰が忠臣だ。

そう思いつつ、せいぜいおだやかな表情で私は会釈《えしやく》した。上司が非常識な分、部下が礼儀ただしくすべきだ、と思ったのだが、会釈したあとですこし複雑な気分になった。もしかしたら、こういう気づかいが忠臣の精神構造かもしれない。

III

「ほほう、忠臣かね」

公安委員長は、虫歯の痛みをこらえるような笑いかたをした。

「ウワサには聞いてるよ。有能だがちょっと変人だそうだね」

忠臣のつぎは変人ときた。警察という巨大組織には、私を正当に評価してくれる人物はいないのだろうか。

「何でも、SPになるという話をことわったそうじゃないか。第一線の警官にとってあこがれの的だろうに、何でことわったのかね」

ことわったおぼえはない。なぜかそういうウワサが晩夏《ばんか》の蚊《か》みたいに私の周辺を飛びまわったことは事実だ。まさか、と思っている間にウワサは死に絶えてしまい、あいかわらず私は薬師寺涼子警視どのの下で、「ワガママな女王陛下におつかえする召使《めしつかい》」の心境を味わっている。べつに落胆《らくたん》はしていないが、たかがイッカイの警部補をめぐる人事について、なぜ国家公安委員長閣下が知っておられるのやら。

「いえね、これが殊勝《しゅしょう》なことを申しますの。SPなんかになるより、あたしのもとでずっと働きたい、なんて」

涼子が委員長にそう答えた。

そんなことをいったおぼえはない。断じてないぞ。

心のなかで私は叫んだが、口には出さず、あいまいなジャパニーズ・スマイルを浮かべた。国家公安委員長には、テレパシーの能力はないようだ。いささかわざとらしく、感動の手ぶりをしてみせた。

「ほう、そりゃたしかに美しい話だ。ボクの秘書たちも泉田クンを見ならって忠誠をつくしてほしいものだが、不平ばかり多くてね……それじゃ失礼」

かるく片手をあげると、やや早足で立ち去った。他にあいさつすべき大物の姿を見つけたらしい。

ひとつせきばらいして、私は上司に問いかけた。

「私にSP転出の話があったんですか」

「半月ほど前にね」

と、いっこうに涼子は悪びれない。

「でも安心なさい、あたしがことわっておいてあげたから」

「何で⁉」

「だって、泉田クンがあたし以外の上司のもとで苦労するのは気の毒じゃない」

「……あのですね」

「どこへいこうと、これ以上、泉田警部補が苦労するはずはないと思うけど」

それまで沈黙を守っていた室町由紀子が口をはさんだ。由紀子の下だと、また別の苦労があるような気がしたが、私は口に出さなかった。せっかく私の内心を代弁《だいべん》してくれたのだから、恩知らずなまねはしたくない。


音楽が流れだした。

メンデルスゾーンの結婚行進曲ではない。ミュージカル「マイ・フェア・レディ」の名曲「時間どおりに教会へ」だ。それまで無関心でいた人たちも、陽気な旋律《せんりつ》につられたか、ブラインドごしに中庭を見やった。

「こんな時刻に結婚式かね」

「大安吉日《たいあんきちじつ》でたてこんでるんだろ」

「相当にりっぱな式らしいな。大臣がさっき来てた」

「この不景気なご時世《じせい》にうらやましい話だ」

「なあに、いまどきの結婚なんていつまでもつやら。三日で別居、一〇日《トオカ》で離婚ってご時世だから」

羨望《せんぼう》とやっかみのささやきが私の周囲に満《み》ちた。

ほどなくあらわれた新郎は、いわゆるダービースタイルである。グレイで統一したシルクハットに燕尾服《えんびふく》、手にはステッキ。一九世紀ビクトリア女王時代の英国紳士のよそおいだ。

新郎と新婦は腕を組んで階段をおりてくる。階段の左右に立った列席者たちが、新郎新婦に向けて拍手をおくる。国家公安委員長もいれば、警視総監もいる。階段の下では、半白《はんぱく》の髪をした牧師さんが、新郎新婦を待ち受けている。新婦の真珠色のドレスはずいぶんと裾《すそ》が長く、一〇段ほど階段をおりてもまだ最上段までつづいていた。

あれは万が一、裾を踏んだりしたらえらいことになるぞ。涼子の影響でもあるまいが、そんなことを考えながら、私は式を見守った。

そのときだった。

何かが私の視界の正面を高速で移動したのだ。

横切ったのではない。上から下への高速移動。つまり落ちてきたのだ。新郎と新婦の眼前に、それは落下してきて、鈍く重い音とともに一度はねあがった。

悲鳴がひびきわたる。

新郎と新婦は立ちすくんだ。いや、当人たちはそのつもりでも、すでに片足はつぎの段に向けて宙に踏み出されていた。一瞬にして慣性《かんせい》と姿勢《しせい》とのバランスがくずれた。新郎と新婦は、空から落ちてきた物体を半ばだきかかえるように階段をころげ落ちていった。

さらに悲鳴がわきおこり、人々が動きはじめたのは、池に小さな水しぶきがたってからだった。

「幸福の絶頂から不幸のどん底へ」

というフレーズが、これまで人類史上、何万回使われたことだろう。そのもっとも具体的な例が、そこにあった。それでも新郎と新婦は、やたらに口を開閉《かいへい》させながら、ようやく池のなかに立ちあがった。だが、空から降ってきた物体は、池のなかに半ば沈んだまま動かない。その物体には手足がはえていて……

「死体だ!」

悲鳴のなか、私はガラスの壁を迂回《うかい》して中庭に駆けこんでいた。空から死体が降ってきたのだ。人々は下、つまり池ばかり見ていたが、私は上を見ずにいられなかった。死体はどこから降ってきたのだろう。ふと私は、奇妙なものが、中庭を見おろす回廊《かいろう》の屋根の上にとまっていることに気づいた。

「……鳥?」

さらに私は目をこらした。鳥とすればずいぶん大きい。左右にひろがる翼は、さしわたし二メートルはありそうだ。そして胴体の上には人間のような頭があった。

「有翼人《ゆうよくじん》⁉」

私は立ちすくんでしまった。自分の目が信じられない。と、その奇怪な影は、大きくはばたいて夕暮れの空に舞いあがった。勢いよくバスタオルをはたくような翼の音が聞こえたような気がした。

「泉田クン、ぼやっとしてないで！」

薬師寺涼子の声と手が私の背中をたたいた。ついで腕が引っぱられ、私は彼女といっしょに混乱のなかを駆け出していた。室町由紀子が周囲にてきぱきと指示《しじ》を下している姿がちらりと見えたが、涼子と私の関心は空飛ぶ奇怪な影に集中している。

黒々とした影は、ノートルダム寺院の屋根をかざる怪物《ガーゴイル》の彫刻を思わせる。だが、コウモリめいた翼はゆっくりと動いていて、それが生物であることを告げていた。それとも精巧《せいこう》な機械だろうか。

空飛ぶ怪物を見あげる涼子の両眼が、鋭利《えいり》なかがやきに満ちている。たいくつな結婚式よりはるかにこの異常な事態を喜んでいることは、まちがいなかった。単にイトコの不幸を喜んでいるわけではない――と思う。事態が不可解で危険なほど、事件が異常なほど、涼子ははりきって生気《せいき》に満ちる。その点たしかに涼子には名探偵の素質がある。

影が飛ぶ方向を確認した上で、その方向へとホテルのなかを突っきり、ロビーの回転扉《かいてんとびら》から外へ飛び出す。涼子と私とで、何も知らない善良な市民を、あわせて一〇人は突きとばしたはずだ。申しわけないことだが、ザンゲは後日のこととして、私たちはとにかく上空を見まわした。黄昏《たそがれ》のビルの谷間を、北へかすめ飛ぶ影が見える。ひとりふたり、不審《ふしん》そうにその姿を目で追う通行人がいるが、「変な鳥だな」という以上のことは考えないようだ。

走り出して気がつくと、涼子は右手に拳銃をにぎっている。ご自慢のコルト三二口径だ。

「何でイトコの結婚式に銃なんか持ってくるんです⁉」

「こういうこともあろうかと思ってのことよ。現《げん》に死体が空から降ってきたじゃないの。あたしの予知能力に感動なさいよ」

予知能力というより、無意識のうちに涼子が死体を呼びよせたのではなかろうか。そのほうが可能性が高いように私には思われた。

「予知能力ついでに、あの空飛ぶ怪物がどこへ行くつもりか、あててくださいよ」

「イヤミをいってる間に、足を動かしたらどうなの」

「動かしてますよ」

あきれたことに、ハイヒールをはいたまま涼子は私に劣《おと》らぬスピードで走っているのだった。

IV

一分ほど走ったろうか、ビルがとだえて空が広くなった。怪物の姿がシルエットとなって浮かんでいる。

「こっちよ！」

涼子につづいて、私も角を曲がった。

三田のこのあたりは、大学や各国の大使館、財界人のクラブ、超高級マンションが緑のなかに建ちならび、東北には東京タワーをのぞむ。一戸ごとの敷地が広く、都心にあるとは信じられないほど閑静《かんせい》で贅沢《ぜいたく》な印象の邸宅街だ。

空は急速に暮色《ぼしょく》を増し、三日月は輪郭《りんかく》をきわだたせて銀色にかがやいている。しゃれた街灯の光が、路上に涼子と私の影を濃く投げかけた。他にほとんど通行人はいない。

怪物は高度をさげ、樹木の梢《こずえ》をかすめるように、とある建物の蔭《かげ》に姿を消した。五階ほどの高さで、北欧《ほくおう》あたりの宮殿を思わせる堂々たる建物だ。

建物をかこんで、二五〇センチはある高い石の塀《へい》が、どこまでもつづいている。敷地の広さと塀の高さはどこか大国の大使館のようにも思われた。

たっぷり一分以上も走って、ようやく門を見つけた。巨大な大谷石《おおやいし》の門柱《もんちゅう》がそびえ、金色の文字が刻《きざ》みこまれている。贅《ぜい》をつくしているが、ひとつまちがえば墓石のような印象だ。

「三田分室」

金色の文字はそう読めた。何の分室だろう、と思ったとき、玉砂利《たまじゃり》を踏む足音がして、制服姿のガードマンが姿をあらわした。

「何をしてるんだ、あんたたち」

ガードマンの声はウニのトゲよりもとがっていた。最初から敵意がむきだしである。涼子の美貌《びぼう》を見て、一瞬おどろいたような表情はしたが、すぐにそれは消えて、ひたすら高圧的な目つきになる。残念なことに、JACESのガードマンではないようだ。

「ここで何をしてるかと尋《き》いてるんだ。用がないなら、さっさと立ち去れ。でないと警察を呼ぶぞ」

こういういいかたをする連中に対しては、効果的な方法がある。それを涼子はすぐに実行した。端麗《たんれい》な唇にせせら笑いをひらめかせると、おもむろに警察手帳をとり出し、ガードマンの鼻先に突きつける。

ガードマンはかるくのけぞり、半歩だけ後退した。あわただしく左右の眼球が動いて、彼の内心を表現する。

「わざわざ呼ぶ必要はないでしょ」

涼子はゆっくりと手帳をおさめた。

「これまでの経験だと、うしろぐらいところのある連中にかぎってすぐ警察を呼ぶとわめきたてるんだけどね。あんたたちが例外だといいんだけど」

「う、うしろぐらいところなんかない」

「前方も暗いってことかしら。まず尋きたいのは、この宮殿まがいのお屋敷がどこの分室なのかという点だけど、どこの会社？　それともお役所？」

「……財務省だ」

「財務省の、どの部局《ぶきょく》？」

「とにかく財務省だよ」

財務省はかつて大蔵省と呼ばれていた。行政改革とやらで呼び名が変わったのだが、体質まで変わったとはかぎらない。こんな宮殿まがいの建物のなかで、どうせワイロのやりとりやらお色気接待《せったい》やらをくりかえしているんだろう、と私は思った。むろん証拠はない。ワイロや接待に縁のないコッパ役人の偏見《へんけん》である。

「あんたじゃ埒《らち》があかないわ。まともな日本語をしゃべれる人を出しなさいよ」

涼子の要求に応じたわけでもないだろうが、ふたたび玉砂利を踏む音がして、茶色のスーツを着た中年の男があらわれた。私は失笑《しっしょう》をこらえた。細い細い身体に、風船《フウセン》のような丸い頭部。縁《フチ》なし眼鏡《メガネ》の奥の黄色っぽい両眼。どことなく地球人ばなれしている。

「あ、鍛治《かじ》さん」

すくわれたようにガードマンがいい、近づいてあわただしく耳もとにささやいた。

「ほう、警察が何の用だね」

薄笑いをつくって、鍛治と呼ばれた男は私たちを見すえた。

「用があるなら捜査令状《そうされいじょう》を見せてもらおう。でなければ、敷地内に一歩でもいれるわけにはいかない。警察だからといって、法や常識を無視していいわけがない。ましてや、ここは国の施設なんだからな」

男は得意そうだった。警察をやりこめてやった、と思っているのだろう。だが、彼は根本的にまちがっている。薬師寺涼子が法や常識を無視して好きほうだいにふるまうのは、彼女が警察の一員だからではない。彼女が薬師寺涼子だからである。涼子にとって警察とは、彼女の横暴《おうぼう》を正当化し、個人の責任を組織の連帯《れんたい》責任にすりかえるための便利な道具にすぎないのだ。

というわけで、男の得意そうな態度は一秒半しかもたなかった。彼を無視して、涼子がさっさと歩きはじめたからである。むろん門の外へではなく、内へ向かってだ。

「おい、どこへ行く気だ、もどれ！」

鍛治という男がうなり声をあげた。涼子は完全に彼を黙殺《もくさつ》し、三歩ほどすすんだ。四歩めに、鍛治が細長い腕を伸ばし、涼子の手をつかもうとする。その瞬間、くるりと涼子は踵《きびす》をかえし、踏みこんできた鍛治の足の甲を、ハイヒールでしたたか踏みつけた。

鍛治は全身を硬直させた。痛みのあまり声も出ない。

「おおせのとおり、もどってきたけど、何のご用？」

しらじらしく涼子はいったが、鍛治はかがみこんで片足をかかえこみ、うなるばかりだ。

ようやく立ちあがったのは、たっぷり一〇秒後だった。血と火を噴《ふ》き出しそうな目で涼子につめよろうとする。私は片腕をあげて鍛治をさえぎった。

「ホテル・エンプレスの中庭に死体を放り出した犯人が、ここに逃げこんだらしいんです。心あたりは？」

鍛治の表情が奇妙にゆがんだ。苦痛が薄らぎ、ずるがしこい犯罪者の打算《ださん》がうごめいている。

「ばかばかしい、荒唐無稽《コウトウムケイ》な！」

「あら、あんたの顔ほど荒唐無稽じゃないわよ、火星人さん」

涼子がせせら笑う。

鍛治の両眼に、あらたな殺気が走った。それを確認しながら、いちおう私はたしなめた。

「いいすぎですよ、警視」

「そうね。火星人に失礼なことをいってしまったみたいね。正直ならいいというものじゃないわよね、ごめんあそばせ、オホホホ」

だいたい涼子は普通に口をきいても、ずいぶん憎たらしいのである。それが意図《いと》的に相手を怒らせようとしているのだから、鍛治が風船みたいな顔をどす黒く染めるのも当然だった。

鍛治が口を開いた。まだ声を出さないうちに、たけだけしい犬の咆哮《ほうこう》がひびいてきた。涼子と私はそちらに視線を向けた。

　庭園灯の青白い光に照らされて、四つの影が躍《おど》り寄ってくる。四頭の犬だ。それもかなり大きい。私の背中を冷刃《れいじん》がすべりおりた。ドーベルマン・ピンシェル、獰猛《どうもう》さと剽悍《ひょうかん》さで知られる危険な種属《しゅぞく》だ。

　鍛治がにくにくしげに大声をあげた。

「さあ、八つ裂きにされたくなかったら、さっさと引きあげろ。そうしたら今度だけは恕《ゆる》してやる。二度と面《つら》を見せるな！」

「どうします？」

　私の声に、涼子は平然たる笑《え》みで応《こた》えた。二、三歩ハイヒールを鳴らして位置をかえると、鍛治に声をかける。

「そう、ありがと。あたしのほうも、これで恕してあげるわ」

　彼女の手にライターがあった。いや、ライターに見えたが別のものだ。何かのスプレーである。一言の警告も発せず、涼子はそのスプレーを鍛治とガードマンに向かって噴きつけた。よける暇《いとま》もないすばやさだ。反射的に鍛治たちは腕をあげて顔をおおった。ドーベルマンはすでに二〇歩ほどの距離にせまっている。

「ご心配なく、毒ガスじゃないから」

　あでやかな嘲笑を投げつけると、涼子は私のほうを向いた。

「さ、おじゃましましょ、泉田クン」

ハイヒールのカカトを高々と鳴らして歩きはじめる。私は犬の襲撃にそなえて、半ば上衣《うわぎ》をぬぎながら彼女につづいた。

V

「かまわん、足にかみついてやれ！」

鍛治の怒声《どせい》が、つぎの瞬間、狼狽《ろうばい》しきった悲鳴に変わった。私が見たのは、とっさに理解できない光景だった。四頭のドーベルマンが、鍛治とガードマンにとびかかったのだ。

ふたりはよろめき、犬の体重と勢いに耐えかねて地面にひっくりかえった。咽喉《のど》をかみさかれるかと私は思ったが、不吉な予想ははずれた。ドーベルマンたちはブラウンピンクの舌でふたりの顔をなめまわし、よだれだらけにしながら、前肢《まえあし》を人間たちの胸にかけ、後肢《あとあし》を胴にこすりつける。何やら異様な雰囲気《ふんいき》だ。私はぬぎかけた上衣を着なおし、歩きながら当然の疑問を口にした。

「いったい何だったんです、あのスプレーは？」

「犬用の媚薬《びやく》」

「媚薬!?」

「うちの会社に開発させたのよ。いま、あのドーベルマンたちは、火星人野郎を雌犬《メスイヌ》だと思いこんでるわ。嗅覚《きゅうかく》だけ発達したケダモノのあさましさだわねえ、オーッホホホ！」

いまや鍛治とガードマンは、悲鳴をあげながら地上をころげまわり、ドーベルマンたちの強引《ごういん》な求愛《きゅうあい》から逃《の》がれようと必死だった。

「来るな、こら、わあ、なめるな！」

ズボンの布地《ぬのじ》が裂ける音がした。

ほんの五分前に知りあっただけだが、じつに不愉快な人物である。それでも、ドラよけお涼のせいで、ドーベルマンに貞操《テイソー》をねらわれるはめになったのは気の毒なことだから、私は心のなかで鍛治たちに向かって手をあわせた。まよわず成仏《じょうぶつ》してほしいものだ。

「それにしても、何でそんな薬を開発させたんです？」

「痴漢《チカン》よけよ。ほんとは毒ガスでも噴きつけてやればいいんだけど、ま、死体の処理もたいへんだし、なまじ痛めつけると『犯罪者の人権を守れ』なんて偽善者どもがさわぎたてるし……」

「だったら思いきり恥をかかせてやれ、ということですか」

「そういうこと。ケダモノにおそわれる不愉快さを実感してみるといいのよ。すこしは思い知るでしょ」

なるほど、痴漢やストーカーにはいい薬かもしれない。

それにしても、スプレーを噴きかける寸前、涼子がたくみに位置をかえた理由がよくわかった。彼女は風上にまわったのだ。つくづく、涼子を敵にまわすべきではない。

「今日のところは準備もないし、これで引きあげるとして、むろんこのままませる気はないわ。まずこの建物の設計図を手にいれて、ゆっくりと攻撃の計画をたてましょ」

涼子の声がはずんでいる。

このような建物は、公費つまり国民の税金を湯水のように費《つか》って建てられているから、設計にしても有名な建築事務所に依頼するものだ。その建築事務所のコンピューターに侵入すれば、設計図など容易に手にはいる。

「明日にでも、ハイテク犯罪捜査チームにやらせるわ」

「ハッカー行為は違法ですよ」

いちおういってみたが、涼子にかるくあしらわれた。

「法はあたしのためにあるのよ」

ごもっともです、と、つい応じたくなるような口調である。

塀にそって歩く間、何度も塀の上方に視線を送ったが、怪物らしい姿は見えない。樹木と建物が黒々と静まりかえっているだけだ。

「警視庁の全予算を賭《か》けてもいいわ。あの建物には、かならず秘密の部屋がある。そしてそこでは翼のはえた怪物が飼育されてるにちがいないのよ」

独断《どくだん》と偏見、といいたいところだが、私自身、翼のはえた怪物がこの建物の敷地内に舞いおりるところを目撃した。何かおぞましいものがひそんでいるのはまちがいない。

「とりあえず、この建物にコードネームをつけましょう。万魔殿《パンデモニウム》なんてどう？」

万魔殿《パンデモニウム》。

一七世紀の英国の大詩人ジョン・ミルトンは「失楽園《パラダイス・ロスト》」という長い詩を書いた。そのなかに万魔殿が登場する。地獄の魔物たちがそこに集まり、サタンを議長として会議を開き、神に対する戦いを決定するのだ。魔物たちの総司令部ということになるが、議長だの会議だのと妙に民主的な設定になっているのは、作者のミルトンが熱烈《ねつれつ》な共和主義者であったからだろう。

いずれにせよ、薬師寺涼子は、財務省三田分室を「万魔殿《パンデモニウム》」と見なした。事実はまだはっきりとわからないが、涼子が断定した以上、その運命は決したようなものである。あとはどのていど先方が抵抗するか、だが、財務省となれば、さぞしぶとい抵抗ぶりであろう。

走った道を歩いてホテルに帰ってくると、室町由紀子警視が私たちを出迎えた。パトカーや救急車の姿が前庭に見える。涼子と由紀子は、いやだけどしかたない、という表情で情報を交換した。由紀子がかるく肩をすくめる。

「あなたのことだから、三田分室とやらに火でもつけたんじゃないかと心配してたんだけど」

「まだ早いわよ、それは最後の手段」

「冗談に聞こえないわね」

当然である。涼子が由紀子にいったのは本心なのだから。涼子は事件を解決するためなら手段など選ばない——むろん彼女につごうよい解決である。彼女がそういうことをやってのけるということを、私は信じているのではない。私は知っているのだ。

「それで、空から降ってきた死体については何かわかったの？」

「まだほとんど何も……でも、落下して死んだのではなくて、落ちてきたときにはもう死んでいたことはたしかね」

「傷口でもあったの？」

「ええ……」

由紀子はうなずいたが、どことなく明晰《めいせき》さを欠いていた。

「どうやら外国人らしいんだけど」

「日本人じゃない？」

「どうも東南アジア諸国の人らしいの。肌の色とかね」

傷口についての話題を、さりげなく由紀子は変えていた。涼子が小首をかしげる。

「密入国者かしらね」

「そうかもしれない、断定はできないけど」

由紀子は何か隠している。私は由紀子の顔を見たが、白い端整な顔から、彼女の内心はうかがえなかった。

「で、式はどうなったの？」涼子が質《ただ》した。

「もちろん中断、無期延期よ」

「死体が空から降ってきたぐらいで結婚を延期するなんて、コンジョウのないこと。どんな困難にも耐える覚悟がなくて、よく結婚する気になるもんね！」

手きびしく涼子は自分のイトコたちを批判した。由紀子は苦笑しただけで、いつものようにムキになって反論しようとしない。そういえばこのふたりは、本日の結婚によって縁戚《えんせき》関係になるわけだ。どちらもそれを喜んでいないことはたしかだった。

第二章　災厄《さいやく》の国の女王

I

東京都千代田区霞《かすみ》が関《せき》二丁目、地下鉄桜田門《さくらだもん》駅のほぼ真上に、有名な警視庁ビルが建っている。ビルの内部については、くわしく公開はされていない。むろん、テロにそなえてのことである。

威圧的な巨大なビルの五、六階を、刑事部が占《し》めている。刑事部には九つの課と三つの機動捜査隊、それに科学捜査研究所が所属している。このなかでとくに実働《じつどう》部隊として重要視されるのが、上に「捜査」とつく四つの課だ。

捜査第一課の担当が兇悪犯罪であることはすでにのべた。

捜査第二課の担当は知能犯罪で、汚職《おしょく》、選挙違反、詐欺《サギ》、横領《おうりょう》、背任《はいにん》など。政治家や企業がらみの事件が多い。

捜査第三課の担当は盗犯《とうはん》というやつで、ドロボウ、スリ、偽札《にせさつ》づくり、盗品売買、ひったくり、万引《まんびき》、カード類の偽造など。

捜査第四課の担当は暴力団、総会屋などで、しばしば「マルボウ」と呼ばれている。

右の四つの課に所属する捜査官は、合計でざっと一二八〇名。これが小説でもコミックでもTVでも映画でも広く知られる、「花の警視庁刑事」ということになる。

花の警視庁刑事。

つい二ヵ月ほど前まで、私もそのひとりだったのだ。「警視庁刑事部参事官付《さんじかんつき》」という悪夢の辞令《じれい》を手にするまでは。

やがて我らは深き闇に沈みゆかん
さらば、めくるめく激しき夏の光よ

大学時代、フランス語の教科書にのっていた詩を、私はしみじみと思い出す。秋の風がしつこい残暑を追いはらったとき、その風に災厄《さいやく》の女王サマが乗ってきて、私の襟首《えりくび》をつかみ、「オーホホホ」という高笑いとともに、自分のお城に放りこんだのだ。女王サマはすずしい秋風に乗ってきたくらいだから、名前に「涼」という文字がついていた——というオチがつくのだが、このオチを考えついたとき、私はいまいましさとむなしさとで、舌をかみたくなってしまった。

舌をかむのもばかばかしいから、しかたなく私は運命にしたがって、お城づとめをすることにした。お城の名は「刑事部参事官室」という。警視庁の六階、東向きで、眼下に桜田通《さくらだ》りを見おろし、法務省ビルの向こうに日比谷《ひびや》公園の緑がひろがる。眺望絶佳《チョーボーゼッカ》、おまけに窓は防弾ガラスだ。

私は自分のデスクに五種類の新聞をかさねていた。何者がどのように手をまわしたのだろう、昨日のホテル・エンプレスでの怪事件については、二紙にしか載《の》っていない。それも、

「都内のホテルに変死体、自殺か」という、ごくみじかい一段きりの記事だった。そのことが、ちくちくと私の神経を刺激し、朝から私を走りまわらせたのだ。

犯罪の多様化《たようか》にともなって、各方面の専門家が警察にはいってきた。金融《きんゆう》犯罪捜査チームのメンバーは、半数が銀行や証券会社につとめていた人たちだし、ハイテク犯罪捜査チームはコンピューター業界の出身者が圧倒的に多い。

でもって、「怪奇犯罪捜査チーム」はというと。そんなあやしげなものは警察には存在しない！　ことになっている。公的には。

だが、他の捜査官たちがあからさまに、

「あの部屋が事実上そうさ」

とウシロユビをさしている区域が、警視庁には実在する。

皇居のお濠端《ホリバタ》に偉容《いよう》（異様ではない）を誇る警視庁ビルの六階、刑事部参事官室のことである。つまり私の勤務場所だ。

警視庁ビルの廊下は、何ヵ所かでテロ・災害対策用のシャッターがおりることになっている。南から四つめと五つめのシャッターの間に、刑事部参事官室のドアがある。

ドアの内側には、パネル化された日本国首相の等身大の全身写真が飾られている。ボスの薬師寺《やくしじ》涼子《りょうこ》が不機嫌《フキゲン》なとき、ダーツの的にするためのもので、左胸を中心に一〇〇以上の穴があいている。

「いくら何でもあれはまずくありませんか」

いちど私がそう忠告したら、

「そうね、お由紀《ゆき》の人形にしようかしら。としたら、泉田クン、お由紀の髪の毛を一本、手にいれてきてよ」

もっとあぶないことになりそうなので、私はアイマイな返事でごまかした。その後、首相が乱脈《らんみゃく》経営の銀行や総合建設会社《ゼネコン》に気前よく一〇兆円ずつおこづかいをやるたび、私もダーツを投げてやることにしている。そんなカネがあるなら、涼子を閉じこめておく黄金の檻《おり》でもつくってほしいものだ。もちろん高圧電流が通るやつを。

参事官室はふたつの部屋から成《な》る。どちらも六メートル四方ほどの広さで、前室には私をふくめたスタッフ一〇人のデスクが並んでいる。パソコンやワープロもある普通のオフィスだが、壁には薬師寺涼子の手になる書《しょ》がかざってある。

「勝てば官軍」

その書のとなり、外の廊下と垂直の位置にドアがあって、そこをあけると涼子の執務室だ。これがすごい。家具調度類の趣味は悪くないが、何でもウィーンのシェーンブルン宮殿にあったマリア・テレジア女帝の執務室を模《も》したものだそうで、デスクだけで一四〇〇万円するそうだ。窓のカーテンだってすべて絹の刺繍《ししゅう》いりである。

「自分のおカネで買ったのよ。誰にも文句《もんく》をいわれるスジアイはないわ。それとも、日本の公務員なら公金を流用《りゅうよう》すべきだとでもいうの⁉」

涼子の論理に対抗できる者はおらず、いまや涼子は参事官室をすっかり自分の領地と見なして、やりたいほうだいである。上司《じょうし》である刑事部長も、どんな弱みをにぎられたのか、参事官室を治外法権《ちがいほうけん》あつかいして、めったに立ち寄ることもない。

ホテル・エンプレスでの怪事件から一夜が明けたこの日。薬師寺涼子警視どのがご出勤あそばしたのは、午後になってからだった。まず女子職員にジノリのカップで紅茶を運ばせる。ダージリンの最高の葉だそうで、もちろん自分で買ったもの。そして私を呼びつけた。

「頭に来るわ。昨日の事件から、寄ってたかってあたしを疎外《そがい》しようとしてるんだから」

「しかたないでしょう、所轄《しょかつ》は裏麻布《うらあざぶ》署なんですから、最初は彼らにまかせておかないと」

「裏麻布署なんかの手におえる事件だとでも思ってるの⁉　あの事件を解決できるのは、あたしかいないのに！」

かならずしも反対ではないが、解決とひきかえにどんな騒動がひきおこされるか、考えるだにおそろしい。

私は午前中に集めておいた資料を、マリア・テレジア女帝のデスクにならべた。財務省三田分室についての資料だ。図面もある。

「最初は首相や財務大臣クラスの国際会議を開く施設として建てられたんだそうです。土地はむろん国有地で、面積は約六万平方メートル、建物の総工費は五〇〇億円」

地上五階、地下一階で、建築面積は約二万八〇〇〇平方メートル。安っぽい新建材など一《いっ》片《ぺん》も使われていない。床も壁もイタリア産の大理石で、窓はすべて二重の防弾ガラス。シャンデリアが一個五〇〇〇万円だという。

「各国の元首クラスを迎えるにしても、ずいぶんとゼイタクなつくりね。何度ぐらい国際会議に使われたのかしら」

「一度も使われていません」

「どういうこと？」

「警備上の問題があるとかでね、結局、一度も国際会議は開かれなかったんです」

「じゃ、それだけゼイタクな建物、何に使われてるのよ」

誰でもそう思うだろう。

「おもに財務省の官僚たちの会合ですね。ええと、会議にパーティー、歓送迎会《かんそうげいかい》、忘年会に新年会、昼食会、ああ、次官の誕生パーティーなんかにも使われてますね。このときはホテル・エンプレスからフランス料理のシェフを呼んで、出席者一五〇人で八〇〇万円分の料理と酒が出てます」

「その八〇〇万円の出処《でどころ》は？」

「財務省のお役人たちが自腹《じばら》を切るはずないでしょう。国民の血税《けつぜい》を流用したか、どこぞの銀行か保険会社にたかったか」

彼らの身体をたたいたら、埃《ほこり》の二、三キロは出てくるにちがいない。

「エリート面《づら》して、たかりせびりを恥ずかしいとも思わない類人猿《るいじんえん》どもに、さしあたって用はないわ。あたしが気になるのは、あの万魔殿《パンデモニウム》が使用された日数よ。五年間で合計一〇〇日もないじゃないの」

「年間の維持費《いじひ》は六〇億円だそうです」

「どう維持してることやらね」

舌打ちする涼子に、私は一枚の表を差し出した。

「これは？」

「過去一年間の、万魔殿の電力消費量です。一日ごとにすべて数字を出してあります」

このあたり、私だってそう無能でもないのだ。涼子の目が鋭く数字を読んだ。

「すごい消費量ね。ちょっとした工場か電脳センターなみじゃないの。たまに消費量がすくない日があるけど……」

「おわかりでしょう？」

「もちろんよ。くだらないパーティーや会合が開かれた日でしょ」

つまり官僚たちのパーティーや会合はカムフラージュにすぎない。おもてむき使用されていない日にこそ、万魔殿のなかで秘密の何かがおこなわれているのだろう。

秘密の、いったい何が？

II

私たちはさらに図面を調べた。

プールが三つある。バラの生垣《いけがき》にかこまれた二五メートルのガーデンプール。温室のなかに設《もう》けられた楕円形《だえんけい》のプール。地下一階につくられたヒョウタン形のインドアプール。大浴場も二つある。ひとつは総大理石ばりで、もうひとつは総檜《ひのき》。洋風、和風ときたもんだ。その他にジャグジーやサウナ、ホテル式バスルームなどが合計二〇もある。二〇〇畳の和室大広間。ビリヤード室、カード室、図書室、ホームバー、屋内ゴルフ練習場、ホームシアター、談話室、それにスイートタイプの宿泊室が二四室……。

「だんだん腹がたってきましたよ」

「それにしても、図面を見るかぎりでは、どこまでも保養施設よね」

涼子は両脚をデスクの上に投げ出した。こういうマナーに反する行為が絵になるのだから、こまったものだ。

「きっと図面にない地下二階が存在するに決まってる。まずうちの社員に探《さぐ》らせてみようかな」

涼子のいう「うちの会社」、つまりJACESにはその種の名人がそろっている。

どんな複雑な鍵《かぎ》でもあける名人。

アメリカ国防総省《ペンタゴン》のコンピューターにまで侵入できるハッカー行為の名人。

盗聴の名人。盗聴器を発見する名人。

尾行《びこう》の名人。尾行を妨害する名人。

「不法行為はいけませんよ、不法行為は」

「あら、警察に通報しないかぎり不法行為にはならないわよ。万魔殿《パンデモニウム》のやつらが警察に通報すると思う？」

「通報したらどうします？」

「もちろんあたしが捜査にあたるわよ。地下二階を徹底的に調べてやる」

そういって、涼子は勢いよく立ちあがった。「ついておいで」といわれるかと思ったが、何もいわれなかったので、私は涼子が出ていくのを見送って、自分のデスクにもどった。涼子以外の者は、セルフサービスでお茶をいれることになっているので、私は自分でお茶を運び、あらためて財務省三田分室の図面をのぞきこんだ。隣席では、丸岡《まるおか》警部が顔にタオル地のハンカチをのせ、椅子《いす》に寄りかかって軽いいびきの音をたてている。一分もたたず、ドアが開いて声がかかった。

「泉田《いずみだ》サン、泉田サン」

警部補の岸本明《きしもとあきら》だった。今年、一流大学を卒業して任官したばかりのキャリアさまだ。私が涼子付《つき》であるように、岸本は警備部参事官《さんじかん》付、つまり室町由紀子《むろまちゆきこ》の部下である。あだ名は「レオコン」。レオタード・コンプレックスの略で、じつはそう名づけたのは私だ。

「何だ、お前さんか」

「何だはひどいなあ」

「用がないなら、いちいち声をかけんでくれ」

自分より一〇歳下のこの男が、私はきらいなのである。岸本のほうは、妙になれなれしくふるまっているが、私はできるだけ冷たくあしらうことにしていた。どのみち岸本はキャリアだから、私をおきざりにしてどんどん出世する。長くつきあう必要はないはずだ。もっとも涼子が新人のときにも、私はそう思っていたのだが。

それにしても、涼子が天下をとったらファシズムで、由紀子が頂点に立ったらピューリタニズムだ。私のような凡人にとっては、どちらも息ぐるしい話である。

私の表情を、岸本は無視した。

「室町警視が、泉田サンに会いたがってるんです」

「室町警視がおれに？　何の用だ」

「さあ、とにかく呼んでくるようにいわれましたんで。ことわりますか？」

階級社会のなかで、そんなことができるわけはない。不審ではあったが、お呼びとあれば出向くしかなかった。

「警備部参事官室に行けばいいのか」

「いえ、じつはべつの場所でお待ちなんですよ」

五分後、私は警視庁ビルを出て東へ歩きはじめた。何気《なにげ》なく顔をあげると、いかめしく古ぼけた通称「人事院ビル」が見えた。警察庁がそのなかにある。

歴史からいうと、警視庁のほうがはるかに古い。一八七四年（明治七年）のスタートである。これに対して警察庁ができたのは一九五四年（昭和二九年）のことだ。

第二次大戦前の古い探偵小説などを読むと、「内務省警保局《ないむしょうけいほきょく》」というお役所の名前が出てくることがある。これが廃止されて警察庁に変身するわけだ。

日比谷公園を横断して、一〇分後に目的地に着いた。日比谷通りをへだてて公園の緑をのぞむビルの二階にラウンジがある。観葉植物《かんようしょくぶつ》がならぶ隔壁《かくへき》にそった奥の席に、室町由紀子がすわっていた。時間つぶしのためだろう、文庫本を手にしている。

「すみません、お待たせいたしまして」

私が声をかけると、由紀子はいささかあわてたように文庫本をハンドバッグにしまった。タイトルが「笑う警官」であることを私は見てとった。

「わざわざ呼び出してごめんなさい、泉田警部補」

「いえ、お気になさらず。で、いったい何でしょうか」

「お涼の……」

いいさして、由紀子は訂正した。

「薬師寺警視のことだけど、このままだと危険だと思うの」

「何をいまさら」

とは私はいわず、もうすこしおだやかな表現でこたえた。

「もうすでに充分、うちの薬師寺は危険だと思いますが、さらに危険になるんですか？」

由紀子はかるく眉をひそめた。もともとキマジメな女性だが、このときはひときわ深刻《しんこく》そうだった。

「泉田警部補、わたしのいってることを正確に理解してくれてる？　わたしがいってるのは、薬師寺警視に危険がせまっている、ということなんだけど」

黙然《もくぜん》として私は由紀子を見返した。たしかに意表《いひょう》をつかれたので、とっさに声が出なかったのだ。涼子に危険がせまっている？　こいつは新機軸《しんきじく》というやつだ。涼子が他人に危険をおよぼすというなら、いくらでも実例のあることだが。

ウェイターがコーヒーを運んできて立ち去ったところで、私はややくどく確認した。

「いいかえると、何者かが薬師寺に危害を加えようとしている、と、そういうことですか」

「ええ」

由紀子は短くこたえ、小さくうなずいた。彼女が真実を語っていると私は確信した。

由紀子と涼子との仲は、世界史でいえばアテネとスパルタ、ローマとカルタゴ、エリザベス一世女王とメアリ女王、とにかく相容《あいい》れぬ宿敵《しゅくてき》どうしである。だが涼子はともかく由紀子のほうは、正面から堂々と戦いをいどんで敵を撃破したい、と思っているはずで、卑怯《ひきょう》なマネはしたくないのだろう。私なりにそう推測できた。

それにしても、どこの生命《いのち》知らずだろう、あの薬師寺涼子に危害を加えようというのは。涼子はずいぶん多くの人間に憎まれているはずで、私としても心あたりが多すぎる。たいていは涼子に返り討ちにされて、すべては災難と泣き寝入《ねい》りしているはずだが……。

「うかがいたいことがいくつかあります」

「ええ、どうぞ」

「まとめて質問したほうがいいですか、それともひとつずつ順番に？」

「それはどちらでも。答えられないこともあると思うけど……」

話の内容が内容なので、由紀子と私の声はしだいに低くなっていった。それにともない、ふたりの顔はだんだん近づいて、傍《はた》から見るといかにも密談《みつだん》という印象になった（にちがいない）。もっとも私のほうは、由紀子の白い額《ひたい》やら眼鏡《メガネ》やらが目にはいるだけで、役得《やくとく》も目の保養もありはしなかったが。

いずれにしても、そのとき私たちは気づかなかった。観葉植物の小さな鉢《はち》を並べた低い隔《かく》壁《へき》の向こう、つい五〇センチほどの距離に、あらたな客がすわったことに。

III

昨日、ホテル・エンプレスで生《しょう》じた怪事件の捜査状況について、由紀子は私に教えてくれた。といっても、事件発生から丸一日たってはいないし、由紀子自身が捜査を担当しているわけでもない。それでも由紀子には、何代か前の警視総監であった父親の人脈《じんみゃく》がある。また由紀子自身も、警視庁内部の人望という点で、涼子をはるかにしのぐ。涼子のように不法・違法《いほう》・無法な手段を用いることなく、情報を集めることができたのだ。

「解剖《かいぼう》の結果もまだ正式には出ていないのだけど、わたしが見たかぎりでも、あの死体には奇妙なところがあったの」

「といいますと？」

ためらいを押しのけるように由紀子は答えた。

「死体からは血が出なかったのよ」

「……死者の体内に血がなかった、ということですか」

「ええ、そうなの」

私たちはどちらからともなくだまりこんだ。

たぶん由紀子も私とおなじ光景を想像しただろう。宮殿まがいの財務省の施設のなかに、翼をはやした怪物が棲《す》んでおり、密入国者たちの血を吸いながら繁殖《はんしょく》している……。

「それにしても、怪物と財務省三田分室とは、どういうかかわりがあるんでしょうか。獲物《えもの》をとらえた旅の途中でたまたま立ち寄った、という可能性も、すこしは考えていたんですが……」

涼子が万魔殿《パンデモニウム》こと三田分室にこだわるのはともかく、三田分室のほうも異様なまでに警察を忌避《きひ》している。しかも由紀子の言によると、涼子に対してどこかから圧力がかかっているらしい。こうなると、疑惑から確信へと、思考が進んでいくわけで、圧力というものはしばしば逆効果なのだ。

ふたたび由紀子が口を開いた。

「じつは芝《しば》が動いているらしいの」

「芝が……」

私はおうむがえしにいった。思いもかけないことだった。

芝とは人名ではない。東京タワーの近くにある警視庁芝庁舎《しばちょうしゃ》のことだ。ここには警視庁のなかでもとくに秘密色の濃い部局《ぶきょく》が集まっており、ビル内部のようすは関係者以外まったくわからない。私のようなコッパ役人だけでなく、涼子や由紀子のようなエリート候補生でさえ、足を踏みいれたことがないのだ。

私が味わった気分を、どう表現すればよいのだろう。恐怖といえば恐怖だし、不安といえば不安にちがいない。だが、それ以外の要素も大きかった。気色《キショク》わるい、居心地《いごこち》がわるい、落ちつかない、生理的な嫌悪感《けんおかん》、そういったものだ。何やらとんでもない事件にかかわったような気がする。とんでもない上司だけでも、充分もてあましているのに。

「それにしても美人だよなあ、この女《ひと》は」

まったく脈絡《みゃくらく》なく、私はそんなことを考えた。薬師寺涼子にしろ、この室町由紀子にしろ、何だって好きこのんで警察づとめなんかしているのだろう。もっとちがう生きかたが、いくらでもできるだろうに。警察づとめをするのは、私みたいに、他に能のない人間だけでたくさんだと思うのだが、世の中、奇妙なことがいくらでもある。

由紀子の声が聞こえた。

「芝の兵頭《ひょうどう》警視ってご存《ぞん》じ？」

私は頭《かぶり》を振った。埒《らち》もない思案《しあん》が中断されて、じつは安堵《あんど》したといってよい。

「いえ、知りません。名前を聞いたような気もしますが、思い出せません」

「そうでしょうね、それが当然だわ。普通の警官には関係ないものね。わたしも、知ったのは警視になってからだし」

由紀子は説明のことばをさがしているようだった。

「芝庁舎づとめの警視で、年齢は四〇歳ですって。わたしはまだ直接、会ったことがないけど、この件に関心を持ってるらしいの」

「ははあ……」

私はすこし考えた。二〇代後半の警視ならキャリアだし、五〇代の警視ならノンキャリアだ。四〇歳で警視というのは、いわゆる「推薦組《すいせんぐみ》」のことだろう。

ノンキャリアでありながら二〇代のうちに警部補に昇進する優秀な者がいる。そういった人材を、各地の警察本部からピックアップし、警察庁で採用する。一年後に警部に昇進し、さらに六年後には警視になる。警視になってはじめて「推薦組」と呼ばれるようになる。

もうひとつ、「準キャリア」という制度もある。これは巡査部長からはじまって、最短コースをとると三〇代後半で警視になる。

どちらにしても、キャリアより一〇年おくれぐらいで出世することになるが、人数はキャリアよりはるかにすくない。「推薦組」と「準キャリア」をあわせて日本全国で二〇〇人ぐらいのものである。

キャリアから見れば、

「優秀といっても、しょせんノンキャリア」

だし、ノンキャリアから見れば、

「ちゃんと仕事もせず、昇進試験にウツツぬかしやがって」

ということになりかねない。かならずしも、すわり心地《ごこち》のいい席ではないから、警察庁への採用を辞退する者も多いのだ。

「兵頭警視とは優秀な人なんでしょうね」

「優秀の意味にもよると思うけど……」

由紀子の口調は、いささか歯切《はぎ》れが悪かった。私はだまって、返答のつづきを待った。

「正直、いい評判は聞かないわね。お涼とはちがった意味でね。上層部《うえ》にはけっこう重宝《ちょうほう》がられてるようだけど……」

「トラブル処理の名人とか？」

「ええ、そうね、派閥《はばつ》がらみの争いで……口にするのもいやなことだけど」

警官は正義の味方。警察は正義の味方の集合体。では警察内部は正義の味方どうしみんな仲がいいかというと、むろんそんなことはない。

警察庁と警視庁は仲が悪い。

刑事部と公安部は仲が悪い。

キャリアとノンキャリアは仲が悪い。

「仲が悪い」という表現の内容には、「やれやれ、あいつにもこまったもんだ」というレベルから、「あの野郎、無実《むじつ》の罪を着せて殺してやる」というレベルまでふくまれているが、とにかく右にあげたのが、警察内部での三大対立である。これに、となりあわせの県警本部どうしのケンカ、キャリアたちの派閥あらそい、ノンキャリアどうしのいがみあい、警察署どうしのナワバリあらそい、などなど、その対立抗争の多彩《たさい》なこと、けっしてマフィアの世界に劣らない。

だいたい日本の警察は能力的にはわりと優秀なのである。それなのに迷宮入り事件がしばしば発生するのはなぜだろう。まず最初に捜査ミスがある。「あいつが犯人だ」と思いこんで、他の可能性を無視し、その線ばかりを深追いしてしまう。結局ちがうとわかったときにはもうおそく、証拠も容疑者も消えてしまっている。

「いったい誰の責任だ」

という声があがると、責任のがれをはかる一派と、責任追及を派閥あらそいに利用しようとする一派にわかれて、真相そっちのけの大ゲンカ。最前線の捜査官たちがうんざりしてやる気をなくす間に、時間だけがどんどんたち、解決はさらにむずかしくなる。

捜査ミスの責任がキャリアにあった場合は最悪だ。捜査状況をめちゃくちゃにしたあげく、キャリアはさっさと転任してしまう。どんなにひどい捜査ミスがあきらかになろうと、キャリアはけっして責任をとらない。ひとりのキャリアが責任をとると、彼を登用《とうよう》したもっと上位のキャリアも責任をとらなくてはならない。そうすると、最高幹部たちの人事に影響が出てくる。ほんとうはA氏が警察庁長官になるはずだったのに、彼と仲の悪いB氏がなってしまう、ということにもなりかねない。それでは官僚社会の秩序が乱れる。真犯人をつかまえるよりも、官僚社会の秩序を守るほうが、キャリアにとってはずっとたいせつだ。だからG事件、M事件、K事件、すべて未解決のまま、誰ひとり責任をとらないのだ。

キャリアで、しかもマジメ一方の室町由紀子としては、さぞ口にしづらいことだろう。くわしいことは自分で調査することに決めて、私はすこし話題をそらした。

「それにしても、その兵頭警視とやらいう人が、何でこの件に首をつっこんでくるのですか」

「具体的には、わたしにもわからない。でも、彼が首をつっこんでくるという、その事実が意味することはわかるような気がするの」

私にもわかりそうな気がした。すると、さらに声が低くなった。

「……ホテル・エンプレスの事件が解決されるとこまる。そう考えている人たちが雲の上にいる、ということですか」

由紀子は私を正面から見つめ、無言で小さくうなずいた。

ようやく私にも理解できた。「薬師寺涼子に危険がせまっている」ということばの意味が。

いつもの流儀《りゅうぎ》で暴走すると、涼子は、うしろから撃たれることになりかねない。その涼子とともに行動しているかぎり、私が巻きぞえになる可能性も大ということだ。

「しようがないな」

私はタメイキをついた。涼子の部下であるかぎり、まったく、しようがないことだ。覚悟とか観念とかいうことではなく、あきらめて現実に対処《たいしょ》するしかないのである。

「ありがとうございました。室町警視のお名前は出さず、それとなく注意をうながします」

「そうしてくださる？」

突然そこへ第三者の声が割りこんだ。

「ふたりして何コソコソ話しこんでるのさ。あたしの暗殺でもたくらんでるの？」

由紀子と私は椅子《いす》からとびあがった。

IV

観葉植物の鉢《はち》と鉢との間から、薬師寺涼子が私たちをにらみつけていた。つい五〇センチの距離に、一〇分ほど前からすわりこんで、私たちの会話を聴《き》いていたのに、由紀子も私も気づかなかったのだ。

「いったいどうして……」

いいさして、私は事情をさとった。レオコン岸本のやつ、私を由紀子に会わせたあと、忠義面《づら》して涼子に密告したにちがいない。

私にうしろぐらいことはないのだが、上司の宿敵と一対一で会うというのは、まずかったかもしれない。

「泉田クン、外出先を上司に知らせておくのは最低限の義務でしょ。緊急《きんきゅう》のときどうするの。それともいまが緊急のときなのかしらねッ」

とっさに反論できず、私がだまりこむと、由紀子が口をはさんだ。

「泉田警部補を非難しないで。わたしが呼びだしたんだから」

「おだまり、でしゃばり女！」

「でしゃ……」

由紀子は絶句《ぜっく》し、私は、救いの船が轟沈《ごうちん》されたことをさとった。

「呼びだしたこと以前に問題があるでしょ。そもそも何だってあんたがあたしの去就《きょしゅう》に口を出すのさ。よけいなお世話ってもんよ」

「わたしはあなたのためを思って……」

「あたしのため？　オッホホホ、おためごかしとはこのことね。これは自慢でいうんだけどさ、あたしは何があってもあんたのためなんか思ったりしないわよ。逆も真《しん》なり。あんたに味方してもらうべき正当な理由なんて、あたしはまったく思いつかない！」

そんなことを自信満々で断言するな。

ラウンジの客はそう多くはなかったが、好奇《こうき》の視線をちらちらこちらに向けている。何だかとんでもない誤解をされているようで、私は進退《しんたい》に窮《きゅう》した。

「泉田クン、あたしの執事《しつじ》がこんな女にひっかかってどうするの！」

誰が執事だ、誰が。

「この女の考えてることなんか、お見とおしなんだから。おおかた兵頭の殺虫剤野郎とあたしとを……」

「殺虫剤？」

「虫が好かないってことよ。それくらい察しなさい。とにかく、兵頭の殺虫剤野郎と、あたしとをかみあわせてトモダオレ。それがお由紀の安っぽい策略《さくりゃく》なんだから。あたしの執事ともあろうものが、このていどの策略にひっかからないでよ」

だから私は執事なんかじゃないってば。

「邪推《じゃすい》もいいところだわ！」

由紀子の声が怒りにふるえた。

「へへえ、どこが邪推よ」

「すべてがよ。もうこうなったら、何でもかってにすればいいでしょ。わたしは手を引くけど、その前に一言。場所柄《ばしょがら》をわきまえない服装はほどほどにすることね」

どうやら由紀子は涼子の超ミニをはしたないと思っているようだ。まあ警察官らしくないことはたしかである。

「服装が何だっていうのさ」

「服装の乱れは心の乱れです！」

「オーッホホホホホホ！」

涼子の嘲笑が、クルミ材の天井《てんじょう》に反射して、目に見えない破片を振りまいた。

「何がおかしいの!?」

「べつにおかしくはないわよ。あんたをせせら笑ってるだけ。『服装の乱れは心の乱れ』ねえ。むかし近所に住んでた公立中学校の教師が、フタコトめにはそういってたっけ」

「りっぱな先生じゃないの」

「たしかにごりっぱだったわよ。制服販売業者からリベートをもらっていたことがばれてクビになったくらいだものね」

「わたしが誰かからリベートを受けとっているとでもいう気!?」

「まさか、リベートを支払《しはら》うほうだって相手を選ぶ権利があるでしょうよ」

「あえて申しあげますが……」

私はとうとう口をはさんだ。

「論点がどんどんずれていってるような気がします。もっと冷静に話しあったらいかがでしようか」

「おだまり、ナマイキな！」

といわれるかと思ったが、涼子はべつのことをいった。

「泉田クン、一階のロビーで待ってなさいよ。お由紀と話をつけたら、すぐいくから。逃げてもムダだからね」

「逃げなきゃならないようなことは何もしてませんよ」

「よろしい、それじゃ待ってなさい。あ、自分のコーヒー代は払っていくのよ」

まことに釈然《しゃくぜん》としない気分で、私はラウンジを出た。コーヒー代を払いながら肩ごしに振り向くと、涼子と由紀子が対座《たいざ》してにらみあっているのが見えた。双方《そうほう》、どのように舌剣《ぜっけん》をくり出すか思案《しあん》をめぐらせているようすだ。私が立ちいる余地はない。

螺旋《らせん》階段を歩いて一階のロビーにおりたとき、視線の針が突き刺さってくるのを感じた。ひとりの男が、ロビーの太い円柱に寄りかかって私を見ている。

ひとめ見ただけで、私はいやな感じがした。

その男は私よりすこし背が低く、すっきりした痩身《そうしん》で、年齢は四〇歳くらいだろう。顔だちはそう悪いほうでもないのに、削《そ》げた頰《ほお》やけわしい目つきが、ひどくマイナスの印象を与えた。時間の関係か、ロビーにはほとんど人影がなくて、東京の都心というのに、古い沼のほとりで毒蛇《どくへび》に出くわしたような気分になった。視線をはずして歩きだそうとしたとき、男の声が飛んできた。

「おい、そこのきさま」

私はだまって歩きつづけた。初対面の相手に「きさま」よばわりされるおぼえはない。

さらにとがった声が私の耳をえぐった。

「きさまのことだ、のっぽ野郎、泉田とかいったな」

この爬虫類《はちゆうるい》めいた男は、私の名を知っているのだ。私は立ちどまり、振りかえった。内心、おどろきを禁じえなかった。男は音もなく足を運んで、私のすぐ近くまで来ていたのだ。思わず半歩さがってしまった。すると男は半歩前進して私との間をつめた。

「お涼とかいう小娘《こむすめ》に洗脳《せんのう》されたらしいな。反抗的な態度をおぼえておいてやる。おれは芝の兵頭だ」

こいつが兵頭警視か。室町由紀子から聞いたばかりの名前を私は思いおこした。悪寒《おかん》をおぼえながら、私は足をひこうとしたが、兵頭の靴が私の左足の甲を踏みつけていた。

兵頭の削《そ》げた頬《ほお》と病的な目つきは、一六世紀のスペインの修道士《しゆうどうし》を連想させた。「キリスト教徒ではないから」という理由だけで、三〇〇万人のアメリカ先住民を奴隷《どれい》にし、虐待《ぎやくたい》し、惨殺《ざんさつ》した「神の使徒」たちだ。

ゆっくりと私の左足に体重をかけながら、兵頭はさらに襟首《えりくび》をつかんだ。

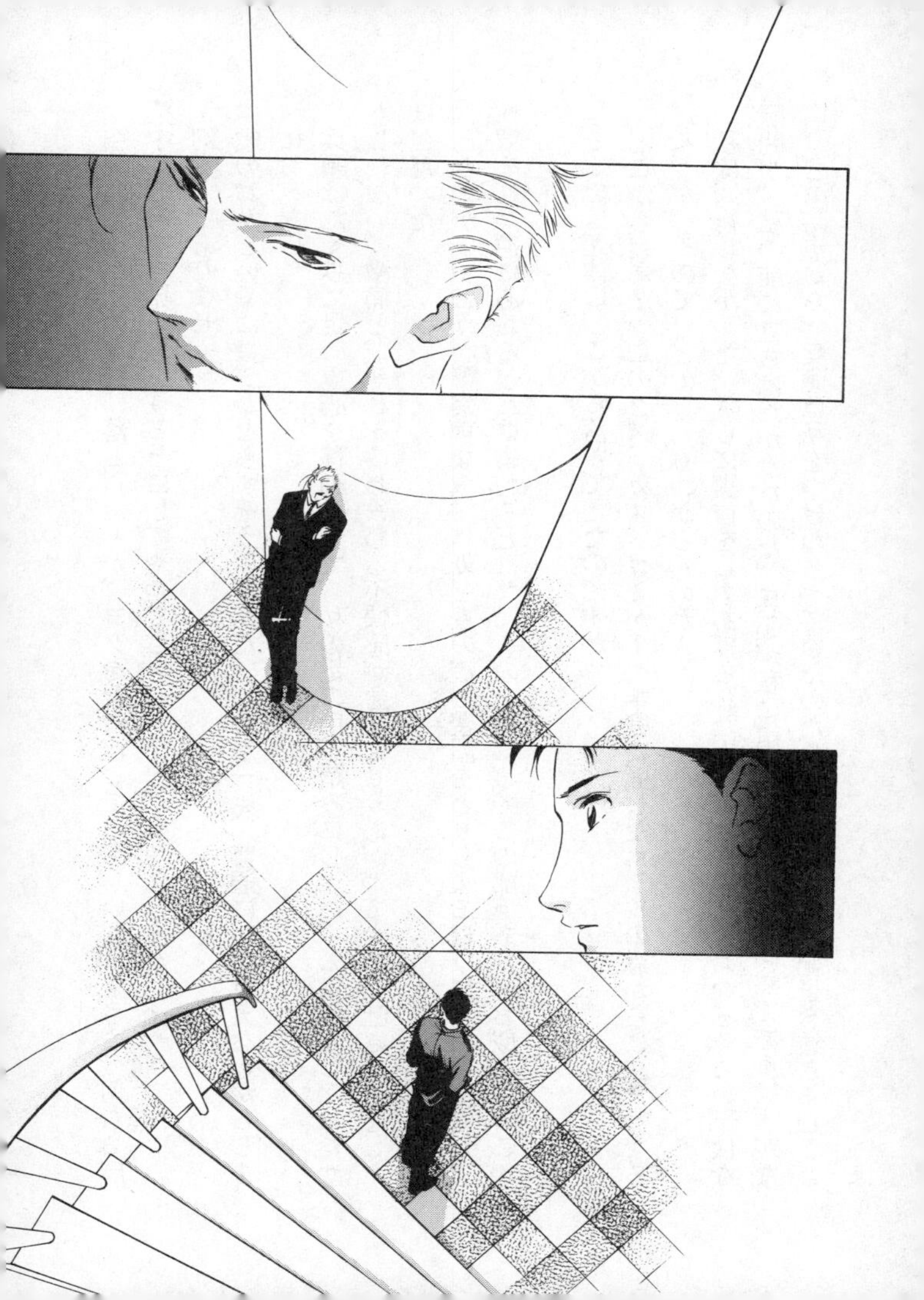

「空飛ぶ怪物が死体を投げ落としたとか、ヨタをたれ流してるらしいな、きさま。何なら麻薬中毒で幻覚《げんかく》を見たということにしてやってもいいんだぞ。病院に行くか、え、青二才《あおにさい》」

「幻覚ではありません」

「頭のおかしいやつは、かならずそういうんだ。しかも一見《いっけん》、普通にしか見えないからしまつにおえない」

兵頭はたくみに足の重心を移動させて、私の足の甲を踏みにじった。私は眉《まゆ》をしかめたかもしれない。激痛と、それをうわまわる不快感が急速にせりあがってきて、吐《は》き気を感じたほどだった。

「きさまがまっとうな警察官なら、バカどもの流言蜚語《りゅうげんひご》をとりしまるほうにまわるべきだろう。それが逆にあおるがわにまわるとはな。この上司にしてこの部下あり、お似あいのこった」

「……では死体はどこから落ちてきたのですか」

「どこからだあ？　このクズ、カス、ゴミが！　中庭に面したホテルの窓からに決まってるだろうが。そのていどのこともわからんのか！」

私は返答しなかった。さらに襟首をしめあげられた上、不快な現状《げんじょう》とおなじくらい不快な疑問が、私の前に立ちはだかったのだ。兵頭が私に声をかけたのは、偶然であるはずがない。どの時点から、兵頭は私をつけねらっていたのだろう。もし室町由紀子を巻きこむことになると、事態はかなりめんどうなことになってしまう。

V

兵頭の手で襟首《えりくび》をしめあげられていたので、私は声が出せなかった。したがって、兵頭が私の警告を聞くことができなかったのは、自業自得《じごうじとく》というものだ。

兵頭は私の襟首から手をはなし、コッケイなほど表情をゆがめた。身をかがめ、股間《こかん》をおさえて苦悶《くもん》のうめきを洩《も》らす。まうしろから、ねらいさだめて股間をハイヒールの爪先《つまさき》で蹴りあげられたら、誰でもそうなるだろう。

忽然《こつぜん》とあらわれた私の上司が、私を見てわざとらしくいった。

「ほんとに手のかかる部下だこと」

今回ばかりは、そういわれてもしかたがない。ひとつせきをしてから、すなおに私はあやまった。

「どうもすみません、警視」

「あたしの恩を忘れない？」

忘れたくても忘れさせてくれないだろう。

「はい、けっして」

「よろしい、では助けてあげる。泉田クンが孫悟空《そんごくう》なら、さしずめあたしは観音《かんのん》さまね」

イヤなたとえだなあ。

悠然《ゆうぜん》と、涼子は兵頭に向きなおった。

「さてと、すんだことはおたがいに口にするのはやめましょうよ、建設的じゃないから」

ずいぶんとずうずうしい言種《いいぐさ》である。兵頭はようやく背筋《せすじ》を伸ばして立ったが、ともすればひざが曲がりそうになる。さぞ痛いだろうし、体裁《ていさい》も悪いだろうが、もちろん私は同情なんぞしてやらなかった。

「きさま、自分のしたことがわかってるのか」

芸のない兵頭の台詞《セリフ》を、涼子は笑殺《しょうさい》した。

「わかってますとも。あたしはキャリアよ。あんたはノンキャリアでしょ。警視どうし同格だと思ってるらしいけど」

じつににくったらしい台詞である。

「あと二、三年であたしは警視正《けいしせい》になるけど、あんたはまだ警視のまま。あとは年々、差が開くいっぽう。それくらいわかるわよねえ」

「おれを部下にしてこき使おうってのか、小娘」

兵頭の両眼に青白い燐光《りんこう》が燃えあがった。

「まさか。最初から狂犬病にかかっている犬を飼うほど、悪趣味じゃないわよ」

逆上《ぎゃくじょう》した兵頭が涼子にとびかかった瞬間、体あたりしてやる。私は全身で準備をととのえたが、当の涼子は緊張のかけらも見せない。

「あたしが警視総監になったら、あんたを南鳥島《みなみとりしま》署の署長にしてあげる。アホウドリの翼に乗って、太平洋を駆けめぐるのが、あんたにはお似あいよ、オーッホホホホ！」

高笑いを意外にみじかくおさめると、涼子はつけくわえた。

「それも西太平洋をね」

何でわざわざ西太平洋に限定するのだろう。私は奇異《きい》に感じたが、兵頭の反応も、ただごとではなかった。

「つけあがるのもほどほどにしろよ、小娘」

その目つき、声の陰惨《いんさん》なこと。私の神経網を、目に見えない小さな小さな毒蛇が走りまわった。

涼子はといえば——私は感心せずにいられなかった。内心はどうか知らないが、外見は平然としたもので、兵頭の蛇毒《じゃどく》に満ちた視線をみごとにはね返している。両手を腰にあて、あたかも敗北させた敵国の使者を引見《いんけん》する女王のように、誇り高く見えた。

兵頭は視線を正面に向けたまま、涼子から離れた。うしろむきに五歩後退し、六歩めにまわれ右すると、早足でロビーから出ていった。何だか地球人というより、深海の底をはいまわる異形《いぎょう》の生物のようだった。

私は涼子に視線をうつした。

「大丈夫ですかね」

兵頭の陰惨な目つきを思い出すと、私は、「気味が悪い」という言葉の意味を実感せずにいられなかった。あんな男とおなじ組織に属しているというのは、たとえようもなく不愉快なことだ。この男が私の上司になる日が来るとしたら、それは私が警察をやめる前日だろう。

このような気分を、薬師寺涼子に対していだいたことはない。涼子が理想的な上司だというのでは、むろんない。涼子の存在は天災《てんさい》であるからして、人力で避けられるものではないのだ。

「あのていどの小物、あたしに指一本だせるもんですか」

涼子はご自慢の胸をそらせた。

いちおう私は報告の必要を感じた。手みじかに、室町由紀子から聞いた話を涼子に告《つ》げる。兵頭がいかに危険な人物であるか、注意をうながしたのだが、涼子は形のいい隆《たか》い鼻の先で笑いとばした。

「そういう話を聞いて、あたしがたじろぐと思う?」

「思いません」

「よろしい。では、あたしがいま何を考えてるか、想像がつく?」

「だいたいのところは」

「いってごらん」

女王サマのご下問《かもん》である。

「兵頭警視を破滅《はめつ》させてやろう、と考えているでしょう。それもこっぴどく恥をかかせるような方法で」

涼子は満足そうにうなずいた。

「ご名答。さすがに、あたしの副官《ふくかん》だわ」

だから私は副官でもないったら。

「それで、泉田クン、どうする気？」

「どうするって？」

「あたしのジャマをして兵頭のやつを守る？」

「ご冗談《じょうだん》を」

そこまで私は物ずきではない。

「じゃ、あたしといっしょにあの毒蛇をやっつけるのね」

「ええ」

思わずうなずいてから、私はいまいましい気分になった。これでは私は涼子の同志になったも同様ではないか。兵頭警視に足を踏みにじられたところで、文句をいえる立場ではないかもしれない。

だが、やはり兵頭警視に対する不快感と嫌悪感《けんお》は、消しようもなかった。どのみち兵頭は、私を涼子の手下と見なし、ともに破滅させようとしているのだ。だとしたら、こちらにも反撃する権利があるはずだった。

「ところで、室町警視はどうしました？」

ふと気づいて、私は尋《たず》ねた。なぜか、いささか尋ねづらい気分だったが。

「とっくに追い返したわよ。まったく、油断も隙《すき》もない女だわ。親切《しんせつ》ごかしに、あたしの従《じゅう》者《しゃ》をとりこもうなんて！」

従者よばわりはともかく、私には由紀子を弁護する義務があるような気がした。だが、いまはどうもその時機《じき》ではないようにも思われた。

「ま、泉田クンが必要以上に兵頭ゴトキを気にすることはないわ。だいたい、自分につごうの悪いものは、すべて、忘却《ぼうきゃく》という名の川に流してしまうべきよ。それが健全な精神ってものよ」

「ぜひ見習いたいと思います」

心から私はいった。

「よろしい、ではついておいで」

そういうと、災厄《さいやく》の国の女王陛下は、ハイヒールの音も高らかに歩きだした。

第三章　夜の翼

I

よく晴れた日だが、すでに暮色《ぼしょく》のこい時刻だった。一分ごとに気温が低くなるのを、頬《ほお》から首筋《くびすじ》にかけての皮膚が実感している。

いろいろあった日だ、と思うが、そのわりに何も見えてはいない。霧のなかでつまずいたり殴《なぐ》られたりした気分だ。これからどこへ向かうのかもわからない。

「いったいどこへ行くんですか」

「うるさい、だまってついておいで」

涼子《りょうこ》の口調も足どりも、彼女がまだ完全には機嫌《きげん》をなおしていないことをしめしていた。

ひとつ肩をすくめて、私は周囲を見まわした。

銀座の六丁目だ。街灯が白っぽい光の宝石をつらね、無数の男女がその下を歩いている。

どことなく、水族館の巨大な水槽《すいそう》を回游《かいゆう》する魚の群を思わせた。昼間にはあまりそういう連想ははたらかない。空の暗さのせいだろう。

逢魔《おうま》が刻《とき》。

昨日のこの時刻、ホテル・エンプレスでおこった事件は、その古くさいことばを私に実感させた。ちょうど二四時間が経過して、あらたな逢魔が刻が音もなく街の上に翼をひろげてくる。頭のなかで、室町由紀子《むろまちゆきこ》や兵頭《ひょうどう》警視の顔がくるくるまわっていた。私は、もつれた糸をほどくのを、一時的に放棄した。しばらくは成りゆきまかせだ。いつのまにか、表通りから裏通りのひとつにはいりこんでいる。

「ここよ」

みじかく告げて、涼子はためらいなく、レンガ色のタイルを壁面《へきめん》にはりめぐらしたビルのエレベーターホールへ踏みこんだ。私もつづく。

エレベーターが一階までおりてくるのを、三〇秒ほど待った。エレベーターの傍《そば》の壁に、各階のテナントの名が掲示《けいじ》してある。クラブ、バー、パブレストランなどの名だ。エレベーターのなかにはいると、涼子は迷わず六階のボタンを押した。六階のテナントは、「倶楽部《クラブ》白水仙《しろすいせん》」という店だ。

どんな店か知りたかったが、私は涼子に尋《たず》ねなかった。すぐにわかるだろう、と思ったのだ。そして、すぐにわかった。

「あらあ、お涼ちゃんじゃないの。うれしいわ、しばらく会えなかったものねえ」

豊かなバスの声とともにあらわれたのは、金髪のカツラをかぶり、ワインレッドのイブニングドレスを着こんだ、筋骨《きんこつ》たくましい女性だった。否《いな》、大きな咽喉仏《ノドボトケ》が「彼女」の正体を告げていた。ここは女装クラブであったのだ。

「おかまバーじゃないのよ。まちがえないでね。アタクシたち、単に女性の服装とお化粧をすることでタマシイの自由を守りぬきたいという、健全な日本国民なんだから」

「彼女」が案内したのは、四メートル四方ほどの小部屋だった。女優のドレスルームみたいで、大小の鏡がいくつもあり、クローゼットがつくりつけになっている。簡単な応接セットや冷蔵庫も置いてあった。「彼女」は涼子と私に椅子《いす》にすわるようすすめた。

「アタクシのことはジャッキーって呼んでちょうだいな」

「ジャッキーさん、ですか」

「さんはいらないのよお。本名はジャクリーンなんだけど、アナタいい男だから愛称で呼ばせてあげる」

「それは光栄です」

神さま、ウソつきの私を地獄に堕《お》とさないでください。

金髪のジャッキーさんは、涼子と親しげに会話をかわしながら、冷蔵庫からビールやチーズをとり出して小さなテーブルに並べた。

「お涼ちゃんが男の人つれて来るなんてはじめてね。そう、泉田準一郎《いずみだじゅんいちろう》っていうの。じゃ、これから準ちゃんって呼びましょ」

かってに決めないでほしいのだが……。

「ジャッキー、財務省の三田《みた》分室について聞いてもいいかな」

「ああ、三田分室ね」

ジャッキーさんは眉をひそめた。眉も染めているので、黄金色の毛虫がうごめいたように見えた。

「あそこのことはヒトコトじゃいえないわ。タブーになってるのよ。キャリアでも、大半は存在すら知らないわ。アタクシはまあ存在を知ってはいるけど、行ったこともはいったこともないのよね」

「分室というからには分室長がいるでしょ」

ビールのグラスを手に、涼子が問う。

「分室長は、財政審議官《ざいせいしんぎかん》が兼任してるのよ。次官のつぎの地位だけどね。その下に分室次長がいて、これが専任じゃなかったかしら」

「あの、すみませんが」

しばらく沈黙をたもっているつもりだったが、たえかねて私は口をはさんでしまった。ジャッキーさんは、なぜ、財務省の内部事情にくわしいのだろうか。

こともなげに、涼子が私の疑問に答えた。

「当然よ、ジャッキーは財務省のエリート官僚なんだから」

「はあ……!」

私は目と口を大きくあけてしまった。ジャッキーさんは悪びれたようすもなく、口もとについたビールの泡《あわ》を手の甲でぬぐった。

「お涼ちゃんはアタクシの恩人なのよお」

「恩人、ですか」

「そうなの、大恩人なの」

ジャクリーンこと若林健太郎《わかばやしけんたろう》氏は、東京大学法学部で薬師寺《やくしじ》涼子と同期であったという。二年浪人しているので、年齢は二九歳である。キャリア官僚として財務省にはいったが、上司《じょうし》の派閥抗争に巻きこまれ、ウツ病寸前に追いこまれてしまった。

「アタクシがそれまで生きてた世界って、偏差値《へんさち》とかキャリア人事とか、ちっぽけな数字で他人を蹴落として優越感をいだくような、そんな虚妄《キョモウ》の世界だったのよね。アタクシだんだんその醜悪《シューアク》さにたえきれなくなっちゃって、自殺まで考えたの」

「それはそれは」

としかいいようがない。ジャッキーさんは、テディベアだかクマのプーさんだかの絵がはいったハンカチで、目もとをこすった。つけ睫毛《まつげ》がとれないか、と、私は心配になった。

「とにかくアタクシはお涼ちゃんのためなら、国家機密の一つや二つや三つや四つ、いつでも持ち出す覚悟なのよ」

薬師寺涼子の魔手《ましゅ》は、財務省の中枢《ちゅうすう》近くにまで伸びていたのだ。日本政府あやうし。

ジャッキーさんは自殺を考えながらふらふらと夜の六本木をさまよっていたとき、四人の若者に裏通りに引きずりこまれ、なぐるけるの暴行を受けた。サイフを奪われようとしたとき、涼子があらわれて助けてくれたのだという。四人の若者は涼子の持っていたカサで咽喉《のど》やみぞおちを突かれ、顔にJACES特製のタバスコスプレーをあびせられて、泣きながら逃げ出した。お礼をいうジャッキーさんを、涼子は女装クラブにつれていって……。

「虚飾《キヨシヨク》と欺瞞《ギマン》にみちたヨゴれた世界から、キヨラカな真実の世界へ、お涼ちゃんはアタクシをみちびいてくれたのよ。準ちゃん、お涼ちゃんの偉大さをちゃんと認識しなくちゃダメよ」

「はあ……」

「何よ、たよりない返事ね。お涼ちゃんはか弱い女性の身で、警察全体を支配してやろうっていうのよ。荒野にひとり立つジャンヌ・ダルクなのよお！」

それは涼子が身のほど知らずで人望がないというだけのことだ、と、私は思うが、ジャッキーさんは尊敬とアコガレの視線で、うっとりと涼子を見やるのだった。

涼子は日本人ばなれしたみごとな脚《あし》を組んで、ジャッキーさんの熱烈な賛辞《さんじ》をオウヨウに聞いていたが、ビールのグラスをおくと、ミラノ製のハンドバッグから何やら数枚の書類をとりだした。

「ジャッキー、これに目をとおしてほしいんだけど。できれば早急《さっきゅう》に」

「お涼ちゃんの命令とあらば喜んで……えーと、へえ、西太平洋石油開発会社の経理データね、ふーん」

「西太平洋」ということばで、私は思わず涼子の顔を見た。涼子がみじかく説明する。

「石油開発公団から融資《ゆうし》を受けてる会社よ」

「石油開発公団から資金を借りるのは、いくつかの石油探査《たんさ》会社なんだけど、この会社そのものが、公団からの出資でつくられたものなの。社長以下、役員すべてが官僚の天下《アマクダ》リ」

そうつけくわえたのはジャッキーさんだ。女ことばはそのままだが、きびきびした説明ぶりが、何とも奇妙な感じだった。

「しかも、石油が出なかったら、公団から借りた資金は一円も返さなくていいのよ」

「……まさか」

「あら、ほんとよ。何千億円借りていようと、石油が出なかったら一円も返さなくていいの。法律でちゃんとそうなってるの」

ジャッキーさんは、むずかしい表情になり、トルコ石らしい指環《ゆびわ》をはめた太い指で書類をめくった。

「この西太平洋石油開発とかいう会社は、公団から四〇〇〇億円ほど借りてるのね。でもって、石油は一滴も出てないから、もちろん一円も返さなくていい。まじめに働いて石油が出たら借金を返さなくちゃならないんだから、何もしないで遊んでるほうが得《とく》なわけよね。よくもつごうのいいこと考えたもんね」

「何にいくら費《つか》ったと思う?」

「さあね、でも、かりに半分しか本来の目的――油田を発見するために費っていないとすれば、二〇〇〇億円がどこかヤミに消えたってことだわね」

これが先進国のできごとだろうか。私は頭痛がしてきた。国民が支払う税を、役人たちが好きかってに浪費《ろうひ》して、罰せられることがない。そういう国を後進国というのではないだろうか。

II

今日の午前中、涼子が不在だったのは、西太平洋石油開発という会社のデータを集めていたのだろう。おそらくＪＡＣＥＳの組織を使って。理由についてはまだ私に話してくれないが、財務省三田分室の件といい、兵頭警視の件といい、私の知りようもないところで、巨大な活断層《かつだんそう》が動きはじめているようだ。

「ところで準ちゃん」

いきなりジャッキーさんが話題を変えた。重苦しくなった雰囲気《ふんいき》を変えようとしてのことだろうか。

「アナタも女装してみない？　世界が変わるわよ。アナタの前に真実の光があらわれるのよ」

「いや、私はちょっと……」

「だめよ、ジャッキー。人それぞれの道があるんだから、無理強《じ》いするものじゃないわ。泉田クンには彼に向いたべつの道を歩んでほしいの」

えらそうに涼子がたしなめる。

「まあ、お涼ちゃん、えらいわあ。ホントに部下をたいせつに思ってるのね。上司《じょうし》のカガミだわ。準ちゃんはシアワセ者よね」

何だか異星人《いせいじん》どうし異星語で会話しているとしか、私には思えない。表情をかくすために、私はビールのグラスをかたむけた。もうすっかりぬるくなっていた。

「でもさ、お涼ちゃん、ちょっとこれ危険なんじゃないの。何だったら、アタクシ、みんなに声をかけようか」

「大丈夫よ、心配しないで、ジャッキー。これ以上まきこむつもりはないから」

「みずくさいこといいっこなし。あのね、女装人口は失業率に比例するっていわれてるのヨ。いま日本全国に六、七万人はアタクシの同志がいるはず。ひとたびお涼ちゃんに危機がせまったら、全国の同志を糾合《キュウゴウ》してお涼ちゃんを守るわ！」

このジャッキーさんこそ、薬師寺涼子の忠臣たるにふさわしい。それにしても、ジャクリーンという名はどこからきたのだろう。

「ヤボだけど、準ちゃんだから教えてあげる。アタクシ、戸籍名は若林《わかばやし》というんだけど」

「ええ、いいお名前で」

「虚妄《キョモウ》の名よお。アタクシは真実の名がほしかったの。そしたらお涼ちゃんが、苗字《ミョウジ》を音読《おん》みしてみたらってすすめてくれたの」

なるほど、音読みしたら若林《ジャクリーン》だ。

「お涼ちゃんはアタクシの名づけ親でもあるわけよ。きっと準ちゃんが迷ったときにも、正しい道へとみちびいてくれてよ」

どうしたらそこまで涼子を信頼できるのだ。

「だからさ、準ちゃん、あんた、しっかりお涼ちゃんのバックを守ってやんなきゃ、男がすたるわよ」

「準ちゃん」と呼ぶのは、たのむからやめてくれ。そう思ったが、ジャッキーさんのマゴコロはよくわかったので、私はうなずき、自分でいやになるほどセンスのない冗談をいった。

「バックを守るというのは、何だかいやらしい表現ですね」

「ウワッハッハッハハ」

豪快にジャッキー若林は笑い、勢いよく平手で私の背中をどやしつけた。たいへんな怪力で、あやうく私はソファーから床につんのめるところだった。

「いやあねえ、準ちゃん、スケベ！」

かろうじて体勢をととのえた私に、涼子がいった。

「すっかりおジャマしたわ。泉田クン、そろそろ失礼するわよ」

「……そうですね」

内心の安堵《あんど》を押しかくして、私はソファーから立ちあがった。

「そう、残念ね。でも引きとめると迷惑でしょうね。またいらしてね、準ちゃん。それはそうと、お涼ちゃん、もうすぐ雨が降りはじめるって、さっきＴＶでいってたわよ」

「それじゃ、置き傘《がさ》持っていくわね。それと、悪いけど、泉田クンに余分なカサ貸してあげてくれる？」

「あら、お涼ちゃん、どうせならアイアイガサでいったら？」

「泉田クンはそういうのきらいなのよ」

「まー、もったいない」

私をぬきにしてかってに話がすすみ、私は、ジャッキーさんが英国に出張したときにロンドンで買ったという大きなカサを押しつけられた。親切はありがたいが、借りたからには返しにこなくてはならないのが心の重荷《おもに》だ。

テディベアかプーさんのハンカチを振るジャッキーさんに会釈《えしやく》して、私たちは女装クラブの外に出た。

涼子はスーツの上からカシミアのしゃれたハーフコートをはおっていた。脚と同様、日本人ばなれした胸には、カメオのペンダントが小さく揺れている。周縁《まわり》をかざるカリブ海産のコンクパールとあわせて三〇〇万円する代物《しろもの》だそうだ。贅沢《ゼイタク》な話だが、涼子に贅沢が似あうこともまた事実である。

私たちは銀座をぶらぶらと歩きはじめた。晩秋の夜、銀座の街を、絶世の美女と肩をならべて歩く。なかなかすてきなシチュエーションに思えるが、美女の正体を知っていると、あまり浪漫《ろうまん》的な妄想に駆られることはない。何しろ「ドラキュラもよけて通る」女だからなあ。

それでも、通行人の視線は涼子に集中する。一瞬、目と口を開いて立ちすくむ男までいる。彼らの視線が私に向くと、羨望《せんぼう》と嫉妬《しっと》、さらには「何でこんなやつが」という不審《ふしん》の表情が燃えあがる。どうとでも好きに考えてくれ。

私たちはふたりとも空腹だった。

「秋も深いこういう夜の食事はね、豆とジャガイモのスープに、鮭《さけ》のオイル焼き、トマトとセロリとタマネギのきざんだのをのせて。それに牡蠣《かき》のコキールと牛肉のワイン煮、ベビーオニオンとキャロットのグラッセをつけてね。どう？」

「鮭は塩焼きが一番です。とくに皮がいい。それに栗ごはんとけんちん汁があれば申し分ありませんね」

どうにも色気のない会話だが、これくらいが安全なのだろう、たぶん。

「だめよ、今夜は洋風がいいの。決めた、『びいどろ亭』でコキールを食べるのよ」

「はいはい、たしか八丁目でしたね」

以前つきあわされたことがあるので、「びいどろ亭」の場所は知っている。ぶらぶら歩いていくには手ごろな距離だ。コキールやら牛肉のワイン煮やらは値段が高いが、名物のハヤシライスなら、しがない公務員のフトコロもそうは痛まない。

夜空には厚い雲がひろがって、たしかに冷たい雨滴《うてき》が落ちてきそうに思われる。どこで何を食べるか決まると、私たちの会話は一変《いっぺん》した。財務省三田分室、涼子のいわゆる「万魔殿《パンデモニウム》」で何がおこなわれているか、という話になる。

「複数の動物の遺伝子《いでんし》をもとにした細胞融合生物《ハイブリッド》とか、そういうものをつくってるかもしれないわね」

「遺伝子工学ですか」

だとしたらハイテク犯罪捜査チームの出番かもしれない。古くさい文科系出身の捜査官には手におえない。

それにしても、東京のどまんなかで遺伝子を操作するような危険なまねをするやつらが実在するのだろうか。人目もあることだし、山奥でしそうなものだが。

「あら、あたしだったらそうするわよ」

平然として、わが上司はのたもうた。

「だって、どうせなら、なるべく多くの人たちを巻きぞえにするほうがおもしろいじゃないの」

「そういう発想をする人って、すくないと思いませんか」

「ふうん、じゃあ、わざわざ不便な山奥とか、アメリカなら砂漠とか、ロシアなら北極圏とか、そういう場所に施設をつくるメリットって何なのさ」

「メリット……ですか。それは人目につかないことでしょう」

「でも、そういう場所に資材を運んで大きな施設をつくるほうが、かえって人目をひくんじゃない」

「そのへんは、まあ、考えようですが、原子力発電所だって、大都会の近くには建てないでしょう」

いいながら、私は、涼子の考えのほうが的中しているような気がした。たしかに山奥などより大都会の地下のほうが、秘密の実験をおこなうのに便利かもしれない。国有地に堂々と公共の施設がつくられているのをあやしむ人もすくないだろう。

それに大都会の中心部とあっては、警察にせよ軍隊にせよ、無制限に攻撃をかけるわけにはいかない。有毒ガスが漏出《ろうしゅつ》する可能性でもあれば、一〇〇万人単位の人々を避難させる必要も出てくる。

なるべく多くの人間を巻きぞえにする。何も知らない市民を盾《たて》にする。そうやって警察や軍隊を脅迫することもできるとすれば、東京のどまんなかである三田に危険な施設をつくるほうが、合理的というものだ。

「なるほど、わかりました」

「納得《ナットク》した？」

「ええ」

悪党は悪党どうしですね、ということばはのみこんだ。

III

いまさら確認することでもないが、薬師寺涼子はキャリアである。

だいたいキャリアがおこなうのは、事件の捜査ではなく管理である。管理とは何かというと、要するに、捜査に口を出すことだ。現場で捜査するノンキャリアに向かって、後方から、ああしろこうしろそれはよせ、と指示を出すわけである。集まってくる情報を分析して判断を下す、というのは重要な機能にちがいないのだが、現場のノンキャリアから見ると、「うしろの安全な場所で好きかってなことぬかしやがって。こちらの苦労も知らずに、いい気なもんだ」

ということに、しばしばなる。

ではキャリアが現場に出てきてともに苦労するほうがよいのだろうか。そんなことはない。キャリアは机上《きじょう》の秀才で、ノンキャリアのように苛酷《かこく》な訓練を受けていないから、体力はないし、こまかい捜査技術も知らない。現場に出てこられても、迷惑なだけなのである。

したがって、ノンキャリアにとって理想的なキャリアとは、よけいなことをせず、ノンキャリアが仕事をしやすいよう環境をととのえ、功績を正当に評価してくれる人だ。

これはつまり、一般のサラリーマン社会にあっても、理想的な上司ということになるだろう。キャリアとは最初から「よき上司」として育成される人材のことなのだ。

むろん、理想は理想、現実は現実。めったに実在しないからこそ理想といえるわけで、私のようなノンキャリアにとって、キャリアとは、雲の上で陰湿《いんしつ》な権力あらそいにウツツをぬかしている別人種にすぎなかった。彼らを、おなじ警察の仲間だ、などと思ったことは一度もない。

その点、「ドラよけお涼」は他のキャリアとはまったくちがう。いや、理想に近いという意味ではなくて、他のキャリアの手におえない存在という意味においてだが……。

「しかし、いつも思うんですが、派閥に属さずによくやっていけますね」

「そりゃそうよ。あたし、父親の名は唯我独尊《ユイガドクソン》、母親の名は傍若無人《ボージャクブジン》っていうんだから」

自分のことをよくわかっている。それとも開きなおりだろうか。

「ま、それはそれとして、ホテル・エンプレスの件、被害者の身元ですが、どうお考えです？」

室町由紀子は「外国人らしい」といったが、それらしく思えるというだけで証拠はない。東南アジア人に見える日本人だっているわけだし、不法入国者ということになると、正体のつかみようがない。

「ただひとりの死者だけを問題にしてもしかたないんじゃないかな」

「あのひとりだけじゃないとお考えなんですね」

「そうよ、見つかってないだけでね。ここ一ヵ月で何人のホームレスが姿を消したか、統計なんてないし」

「そりゃありませんよ」

もともとホームレスの人たちの数について、きちんとした統計などないはずだ。このご時世では、一日ごとに増えているだろうし。

日本は治安のいい平和な国だと、一般には思われている。むろん一九四五年以来、戦争をしたことはないし、内戦や叛乱《はんらん》もおきたことはない。だがこの平和な国で、毎年、八万人以上の行方不明者が出ているのだ。

多額《たがく》の借金をつくって夜逃げした人。企業社会からドロップアウトしてホームレスになった人。さまざまだが、それらのなかに「特異家出人《とくいいえでにん》」と呼ばれる人たちがいる。行方不明者のなかで、事件や事故に巻きこまれたり、自殺したりする可能性のある人たちのことだが、これが毎年、一万人から二万人にもなる。

「となりの家のお婆さんは、ひとりぐらしだが、土地とか株券とか、かなりの資産を持っていた。それが二週間ほど前の夜、突然いなくなってしまった。電灯はつけっぱなし、玄関の鍵《かぎ》はあいたままで」

というような事態になると、警察に届け出がある。ひととおり警察が調べて、「事故か犯罪に巻きこまれた可能性がある」と判断すると、「特異家出人」に指定され、「この人を見かけたら連絡してください」と書かれた写真いりポスターが街角《まちかど》にはられたりする。

当人が姿をあらわしたら、むろんそれでよし。不幸にも死体が発見されたら、殺人か自殺か事故か、断定が下されることになる。

殺人事件とは「死体のある事件」のことなのだ。死体が発見されないかぎり、「謎の失踪《しっそう》」でしかない。

つい二六時間ほど前に発生したホテル・エンプレスの事件は、ちゃんと死体のある殺人事件のはずだが、被害者の身元も殺害方法も殺害現場も不明のまま、妙な方向から圧力がかかってきた。圧力というものは、普通もうすこし捜査がすすんでからかかってくるものだ。

私はひとつ頭を振り、歩みをとめないまま周囲を見まわした。不況《ふきょう》だ不景気だといわれながら、ネオンの数もへらず、窓の灯も暗くはならず、道行く人の服装も貧しくは見えない。翳《かげ》りはあるにせよ、日本は世界の平均より豊かな国にちがいない。

七丁目も半ばに来たころ、「ハヤシライスだけではちょっとものたりないな」という気がしてきた。ロールキャベツでもつけようか、と思ったとき、涼子が不快そうな声を洩《も》らした。

何か気づかずに女王サマのご機嫌《きげん》をそこねるようなことをしただろうか。私は涼子の視線を追い、すぐに不快感の原因を発見した。顔見知りの男が前方から近づいてくるのだ。

男の名は上杉満年《うえすぎみつとし》という。

上杉は発行部数八〇〇万を誇る日東《にっとう》新聞の警視庁担当記者だ。年齢は四〇歳ぐらいで、そんな年齢でもないのに頭の中央はすっかりハゲている。かわりにモミアゲとホオヒゲをあごの近くまで伸ばし、銀縁《ぎんぶち》の眼鏡《メガネ》をかけ、海泡石《かいほうせき》のパイプをくわえていた。背はそれほど高くないが、肩幅は広くて、上半身だけはけっこう堂々としている。

この男に、私は好意を持っていなかった。涼子はといえば、はっきりと悪意をいだいている。忠実なドレイにしようという気すらないようだ。

私は大きな溜息《ためいき》をついた。この二、三日、まともな人間に会っていないような気がする。

それどころか、きちんとした食事もとっていないのではないだろうか。

私の内心も（たぶん）知らず、上杉はなれなれしく声をかけてきた。

IV

「やあやあ、刑事部名物のおふたりさん、あいかわらず仲がよろしゅうてけっこうなことでんな」

「東京生まれのくせに、エセ関西弁を使いなさんな」

つめたく私は答えた。「仲がよろしゅうて」という台詞《セリフ》はあえて無視した。

それに、誰が名物だ。涼子の巻きぞえをくって迫害《はくがい》を受けたおぼえはあっても、たいせつにしてもらったおぼえはないぞ。

「『六社会《ろくしゃかい》』のボスが何か用なの」

と、涼子の声もドライアイスのようだ。

大新聞だけが所属する「六社会」は警視庁ビルの九階にあって、二〇〇平方メートルもの広さを占《し》めている。学校の教室が四つか五つはいるほどの広さだ。そのなかにはアスレチック用のスペースや、麻雀《マージャン》用の和室まである。ここを使用している「六社会」は、むろん家賃など一円も支払わないし、電気代、電話代、水道代、すべて警視庁が負担《ふたん》している。

さらに、ここには三人の女性職員がいて、「六社会」の記者たちにお茶を出したり、出前《でまえ》の注文を聞いたり、タクシーの手配をしたり、部屋を掃除したり、サービスにこれつとめる。念のためいっておくと、三人の女性は警視庁の職員であって、彼女たちに給料を支払うのは警視庁である。「六社会」の記者たちは、警視庁の建物から職員まで、タダで使いまくっているのだ。

警視庁がここまで「六社会」にサービスするのは、むろん、大新聞を味方につけたいからである。何やかやで警視庁が「六社会」に提供しているサービスは一年間に一億円近くになるのだから、これで悪口を書かれてはたまらない。「六社会」も、それは承知の上だ。彼らは警視庁と手をむすび、さまざまな秘密を共有《きょうゆう》し、情報を独占することに、特権階級としての喜びを感じているらしい。あてがわれた和室で、そなえつけの冷蔵庫からビールをとりだし、麻雀《マージャン》を楽しんでいれば、適当な情報を警視庁が持ってきてくれるのだから、うらやましい身分だ。そして、もらった情報を、検討もせずにそのまま書きたてるのだから、無実の人を犯人あつかいする誤報《ごほう》・虚報《きょほう》もなくなりようがない。

いつのまにやら、上杉記者は、私たちとならんで歩きはじめていた。涼子が左に私を、右に上杉をしたがえるかっこうだ。上杉が涼子に必要以上の関心をいだいていることはあきらかだった。

「ボクはボスなんかやない。駆け出しもええとこで、警察でいうと、しょっちゅう赤罫《あかけい》を書かされとる役たたずや」

「あらそう、書きかたがわからなかったら、ここにいる祐筆《ゆうひつ》に頼んだら?」

赤罫とというのは要するに始末書《しまつしょ》のことだ。赤い罫線《けいせん》で書面がつくられているから、そう呼ばれる。私は涼子が書くべき始末書を代筆《だいひつ》したことが何度もある。涼子が私を祐筆と呼ぶのもフシギではない。

「それにしても、上杉さんがなぜいまこんなところにいるのかな」

「ボクは銀座が好きやからね。ここを歩くのにいちいち警察に申告《しんこく》する必要もないやろ。あんたらは上司に申告せなならんかもしれんけど」

「泉田クンの上司はあたしよ」

涼子が、たたきつけるような口調でいった。

「泉田クンの生殺与奪《せいさつよだつ》の全権はあたしがにぎってるの。おぼえておきなさい」

それはちがう、断《だん》じてちがうぞ。

「へえへえ、でもボクは妙なことばかりおぼえとる性質《たち》で……ああ、そや、ちょうど一年前やったかな、お涼さんに、『六社会』で色紙を頼んだのは」

たしかにそういうことがあった。「何でも好きな言葉を書いてくれ」と頼まれて、涼子は念を押した。

「好きな言葉、何でもいいの?」

「ええ、何でも」

そこで涼子はマジックペンをとりあげ、色紙に大きく力強く書いた。

「変死体」

「六社会」の面々はのけぞったが、涼子は平然としたものだった。思うに、これは頼んだほうが悪い。誰もが「希望」だの「努力」だの「誠実」だのというキヨラカな熟語《じゅくご》が好きだとはかぎらないのだ。ちなみに、ある三文作家は、「色紙に好きな言葉を書いてください」といわれると、「〆切《しめきり》のびた」と書くそうだが、事実だろうか。

上杉は私たちから離れる気はなさそうだった。沈黙すれば死んでしまう、といわんばかりにおしゃべりをつづけていたが、うっかり応じればつけこまれるのはあきらかだった。執拗《しつよう》に私たちにさぐりをいれている。ホテル・エンプレスでの事件について知りたがるのは新聞記者として当然だが、裏面《りめん》に何があるか知れたものではなかった。

「つれないなあ、お涼さん、何かいうてや」

「犯人について知りたいの？」

「そや」

「警察《わたしたち》とマスコミ《あんたたち》が手を組めば、いくらでも犯人なんてでっちあげられるでしょ。いままでの例でいちばん多いのは、近所づきあいがへたで、口が軽くて、ちょっと変わった趣味があって、地域社会から浮いてるようなタイプよ。そういうやつをさがしたらどうなの？」

「いや、まいりましたなあ」

上杉は薄笑いを浮かべている。

「こちらは警察の発表を信じているからこそ、そのまま報道するんや。うたがったりしたら悪いやろ。それとも、そのほうがええんやろか、なあ、泉田警部補……」

私は返事せず、近くの街灯をながめた。妙なことに気づいたのだ。

街灯の上に何かいる。

私の視線に、上杉も気づいた。不審そうに投げあげた彼の視線が、そのまま凍結《とうけつ》する。二秒ほどして発した声はうわずっていた。

「何や、いつのまにか妙なところに妙な彫刻ができてんねんな。あれ、いったい何や」

「教えてあげようか」

涼子の声は、ちょっと魔女じみていた。

「昨日、ホテル・エンプレスの中庭に死体を放りだした犯人よ」

「何やて……!?」

安っぽいおどろきの表情で、上杉がうなった。

「そしたら、あれ、誰かがコスプレでもしとるんか」

この発言で、上杉が真相を知らないことがわかった。あたかも、彼の無知をあざけるかのようだった。街灯の上の黒い影が、不気味な音とともに翼をひろげたのだ。つぎの瞬間、影はすべるような動きで宙を飛んだ。

たてつづけに悲鳴があがった。

黒い影が群衆の頭上をかすめる。大きく上下する翼に顔面をたたかれて、イタリア製らしいソフトスーツを着こんだ男がのけぞった。血が飛散《ひさん》して、つれの若い女性の服にかかる。反射的に手を伸ばして、べつの男が影をつかもうとした。その手首が奇妙な角度にまがり、苦痛の絶叫《ぜっきょう》があがる。影が足を伸ばして男の手首を蹴ったらしい。足の先には、大きな鉤《かぎ》状の爪《つめ》がついていた。

「伏《ふ》せろ!」

誰かが叫び、数人がそれにしたがった。だが、とっさに動けず、立ちすくんだ者もいる。影が旋回《せんかい》して舞いあがると、ふたりほどが顔をおさえて路面にうずくまった。顔をおさえた手の指の間から血が流れ落ちる。

「よくもあたしの目の前で、やりたいほうだいを……」

涼子の手がハンドバッグの蓋《ふた》をはねあけた。コルト三二口径を、まさにつかみ出そうとする。

「だめです、発砲《はっぽう》しちゃいけない!」

私はどなった。民間人がおおぜいいるなかで発砲したりしたら、マスコミの非難を受けるし、上層部に処分の口実を与えることになる。アメリカとはちがう。威嚇《いかく》射撃しただけで問題になる国なのだ。まして上杉の手であることないこと記事にされたりしたら……。

涼子はあけたばかりのハンドバッグをしめると、手にしたカサをにぎりしめて背筋《せすじ》を伸ばした。中世ヨーロッパの武勲詩《ぶくんし》に登場する女騎士みたいにカッコよかった。

V

夜の銀座はパニックの渦《うず》にのみこまれた。

といいたいところだが、何かちぐはぐとした非現実感につつまれていた。自動車の大群は信号どおりに動いていたし、逃げだした群衆も歩道の一角《いっかく》をあけると、それ以上は逃げず、好奇心をむきだしにして事態を見物にまわったのだ。両手でVサインをつくりながら左右を見まわす若い男もいる。たぶんカメラをさがしているのだろう。自分がつぎの被害者になるかもしれない、という想像力を完全に欠落《けつらく》させた群衆。TVで文化人たちがなげいてみせる、無責任な群衆の姿だ。

「映画のロケだとでも思ってるんでしょうよ。だとしたら、すこしぐらいハデにやってもいいわよね」

「いいえ、できるだけ地味《ジミ》にしてください」

きびしく私はいった。事件をヤミに葬《ほうむ》らないためには、むしろハデにしたほうがいいのだろうが、そういえば涼子が度をこすことは確実だ。口やかましく「ジミに！」といっておかないと、今年のうちに東京復興《ふっこう》計画を立てなくてはならなくなる。ま、立てるのは私ではないが。

街灯の上で、有翼人《ゆうよくじん》が動いた。身体は動かさず、翼をひろげてはばたきだしたのだ。コウモリかプテラノドンを思わせる、羽毛《うもう》のない翼。骨に直接、皮革《ひかく》がはりついたように見える。どれほどの体重があるかわからないが、よほど強靭《きょうじん》な翼であるにちがいない。昨日は、人ひとりをかかえて飛行していたはずだから。

私たちを見すえる両眼が赤くかがやき、翼の動きが速く大きくなった。私がかかとをかるく浮かせ、あらためて体勢をととのえた瞬間、有翼人は舞いあがり、おそいかかってきた。

私はカサを突き出した。同時に柄《え》についたボタンを押す。一瞬でカサは大きく全開し、私の前に半球形の盾《たて》をつくった。有翼人は目標物をかくされ、憤激《ふんげき》の叫びをあげて急上昇する。カサにぶつかったらしく、かるい衝撃があった。

群衆がゆれて、奇声《きせい》をあげた。拍手の音までする。私が有翼人の鉤爪《かぎづめ》をくらい、血を噴《ふ》きだして倒れたら、さぞや喜んでくれるだろう。むろん公僕《こうぼく》だからといって、そこまでサービスする義務はない。

ひろげたカサは視界をさえぎるから、すぐに私は閉じた。涼子が声をとばした。

「気をつけて、またくるわ！」

つづいて、

「おどきッ」

という声に悲鳴がかさなる。涼子が、頭をかかえてうずくまっていた上杉記者をけとばしたのだ。同時に、眼前《がんぜん》に有翼人の影が躍《おど》った。

ねらったわけではない。ねらう余裕などなかった。カサを突き出したのは、あくまでも反射的な行為だった。有翼人は不運だったというしかない。カサの尖端《せんたん》は、躍りかかってきた有翼人の左の眼に、まっこうから突き刺さった。

不快きわまる手ごたえ。耳を乱打《らんだ》する絶叫《ぜっきょう》。

はげしく揺れる翼の端《はし》が私の肩をかすめて、コートの布地が裂けはじけた。カサをつかんだまま私はよろめいたが、それでかえって致命傷《ちめいしょう》を避けることができたのだ。

「泉田クン、あれを見て！」

私のコートのベルトをつかんで、涼子がカサで指《さ》しめす。私は見た。宙で苦悶《くもん》する有翼人に、おなじような影が寄りそうのを。

「やっぱり、一匹だけじゃなかった……」

こういう切迫《せっぱく》した状況にあって、私は妙なことを考えた。有翼人のかぞえかたはどれが正しいのだろう。一匹、二匹か。ひとり、ふたりか。一羽、二羽か。一頭、二頭か。

翼を持った人間というのであれば、ひとり、ふたりとかぞえるべきだろう。だが、見るたびに人間とは思えなくなってくる。

皮膚の色は白昼ならはっきりするだろうが、夜、しかもネオンや灯火を受けているので、ただ暗色《あんしょく》としかいえない。両眼は赤く、鼻は鼻梁《びりょう》がなく孔《あな》だけで、口も唇がなく単なる裂け目だ。鳥からクチバシと羽毛をとったら、こんな顔になるかもしれない。ぜひデートしたいという顔ではなかった。

二匹になった有翼人は、街灯の上部にとまって、三つの眼で私たちをにらんでいる。ことに、ひとつの眼が私をにらむ、その憎悪《ぞうお》の光は、正直こわかった。正当防衛といいたいところだが、聞いてはもらえないだろう。

涼子がオペラ歌手のような動作で両手をひろげた。

「ああ、もう！　対戦車ミサイルかバズーカ砲でもあれば、五、六発で結着《かた》がつくのに！」

「おそろしいことをいわないでくださいよ。銀座のどまんなかでバズーカ砲をぶっぱなす気ですか」

「仮定の話よ。たとえ話のたびにいちいち正論ぶたないでよ。お由紀じゃあるまいし」

「あなたがいうと、リアリティがありすぎるんですよ」

あるわけだ、涼子は本気でいっているのだから。

「ほら、あいつらにもあなたの声が聞こえたらしいですよ」

二匹の有翼人は夜空へ向けて舞いあがった。ネオンや灯火のきらめくなか、弧《こ》をえがいて飛び、ほどなく姿が見えなくなってしまう。西へ、三田の方面へと飛び去ったらしい。

群衆がざわめいた。安堵《あんど》というより失望のざわめきだ。まだロケだと思っているのかもしれない。そのなかに、私は不審な人影を見出した。

なぜ気づくことができたのか。私は超能力者ではない。だが、ちらりと見た光景に異常なまでの違和感《いわかん》をおぼえた。白い羊の群に、一匹だけ黒い羊がまぎれこんだかのような。

彼らの動きは、あまりにも不自然だった。たたずみ、語りあう群衆のなかで、彼らは、私たちに近づいてきたのだ。確乎《かっこ》たる足どり、自分のやるべきことを知りつくした表情、それらが異様な雰囲気をかたちづくり、ちくちくと私たちを刺激した。

「気づいてる？　泉田クン」

「ええ」

「五人いるわ。ストレスをぶつけるのに手ごろな人数ね。ふっふっふ、運の悪いやつらめ」

「……手を出さないほうがよさそうですね」

「六人めが出てきたらまかせるわ」

平和な日本にも暗黒社会《ウラ》があって、暴力のプロが宗教団体の幹部や企業の役員や地方の町長を殺傷《さっしょう》する。そのいまわしい事実を、多くの人が知るようになってきている。

「相手が地上人なら、何の遠慮もいらないわよね」

妙な台詞《セリフ》だが、涼子は、地底人のファンなのである。地底人が出てくる「怪奇・十二日の

木曜日」というTV番組のLD《レーザーディスク》ボックスを予約したのだそうだ。そのうち、「勝てば官軍」という標語の横に、地底人のポスターがはりだされるかもしれない。

涼子は右手にカサをつかんだまま、あでやかな笑顔で、男たちのひとりに歩み寄った。涼子は剣の天才である。竹刀《しない》がカサに変わっても何の問題もない。おまけに、彼女は、先制攻撃をかけるのをまったくためらわないタイプである。

標的のほうから接近してきたので、相手は一瞬、去就《きょしゅう》にまよった。一瞬で充分だった。涼子のカサが文字どおり電光のようにひらめいて、相手のみぞおちをしたたかに突いた。相手は口から舌と息を吐き出し、声ひとつたてず、路上にひっくりかえった。手からアーミー・ナイフが飛ぶ。

「あたしの置きガサには高電圧銃《スタンガン》がしこんであるのよ。尖端が眼にあたったりしたら、ショックで眼球《メダマ》が吹っとぶけど、覚悟してかかっておいで!」

科学的な正確さは不明だが、敵がひるんだのはたしかだ。こうなると、何人いようとおなじことで、ひるんでいないほうが自在《じざい》に戦術を駆使《くし》できる。

涼子はすべるような足どりで敵に肉薄《にくはく》し、カサをひらめかせて鋭い打突《だとつ》をあびせた。

「そら、身のほどをお知り!」

「反省おし!」

「整形してから出なおしなさい!」

にくまれ口をたたくつど、敵のひとりが苦痛のうめきとともに横転《おうてん》する。彼らはあきらかに暴力のプロで、これまでずいぶんと人を殺傷してきたにちがいない。だが、涼子の手にかかると、まるでおしおきされる幼稚園児みたいだった。倒れてもがくところへ、さらに打撃をくらってへたりこむ。合計五本のアーミー・ナイフや錐刀《すいとう》が路上に散乱した。

だいたい涼子は善人に対してさえナサケヨウシャないのだ。いわんや悪人をや。

五人ことごとく地にはわせるまで、一分とはかからなかった。無責任な群衆の拍手と歓声《かんせい》に、カサをかるくあげてこたえると、涼子は、倒れた男のひとりに歩み寄った。

「さあ、おいい、誰に頼まれたの」

男はふてくされた表情でそっぽを向く。一瞬の間をおいて、表情が激変《げきへん》した。すさまじい苦悶《くもん》に顔面筋肉をひきつらせ、悲鳴というより咆哮《ほうこう》をあげて身をくねらせる。全体重をハイヒールにのせて、涼子が男の股間《こかん》を踏みにじったからだ。

「子孫をのこしたかったら、クローン技術の進歩に頼ることね」

いいすてて、涼子はふたりめの男に歩み寄った。おなじ質問、ほぼおなじ反応、おなじ結末。私は男たちにまったく同情しなかったが、涼子が三人めに歩み寄ろうとするのを見て、さすがに制止した。

「だからそんなことしたらいけないといってるでしょ！」

「チェッ」

と、涼子は舌打ちした。

「人ごみで発砲するのもダメ、拷問《ゴウモン》するのもダメだなんて、何のために警察官僚になったんだか、わかりゃしない」

「一般市民の誤解をまねくようなこと、大きな声でいわないでください」

涼子と私の顔を、赤い光のナイフがひらめいて通りすぎた。せわしないサイレンの音が接近してくる。ようやく警察《おなかま》が駆けつけてきてくれたのだ。

第四章　冷たい雨に閉ざされて

I

　赤い回転灯が涼子《りょうこ》と私を照らしだす。私たちはアイアイガサで、降りはじめた雨の下に立っていた。私がジャッキーさんに借りたカサの尖端には、有翼人の眼球組織の一部が付着《ふちゃく》しているはずで、重要な物証《ぶっしょう》を雨で流すわけにはいかなかったのだ。

　歩み寄る警官に、私は警察手帳をしめした。

「警視庁刑事部の泉田《いずみだ》警部補だ。まず救急車。けが人がいる。つぎにこいつらを全員、逮捕してくれ。殺人未遂《みすい》と公務執行妨害と武器不法所持《しょじ》の現行犯だ」

「はっ」と緊張した返事でこたえると、警官たちは、涼子のボウギャクの犠牲となった男たちを路面から引きずりおこしにかかった。作業をおこないながら、警官たちはちらちら涼子に視線を向ける。涼子を知らなければ、その美貌に感歎《かんたん》しているのだろう。知っていれば、

「あれが音に聞こえた『ドラよけお涼』か」とびくついているにちがいない。

「あんなやつら、拉致《らち》して拷問にかけて用がすんだら原子炉に放りこんでやればいいんだけど、ばれたら害虫保護協会がうるさいからね」

「あいつら、吐《は》くと思いますか」

「思わない」

「だったら拷問してもムダでしょう」

「あら、ムダじゃないわよ。あたし、ああいうやつら、だいきらい。反社会的なことしてるくせして、口のかたいヒーローぶってさ。あたしに渡してくれたら、思いっきり痛めつけてやるのになあ」

ハイヒールのかかとを、涼子はかるく路面に打ちつけた。私がジャッキーさんから借りたカサを、後生大事《ごしょうだいじ》にかかえこんでいるあたりは、意外に子供っぽさを感じさせる。もっとも、私自身、開いたカサを頭上で何となくクルクルまわしたりしているので、他人のことはいえないか。

涼子が白い息を吐いた。

「このさい、有翼人《ゆうよくじん》の目撃者をひとりでも多くしておくのよ。何百人もの口封じは不可能だからね」

「そのとおりですね」

政治家や官僚が密室で事をはこびたがるわけだ。証人がすくないほど、悪事は成功度が高まる。今回は銀座のどまんなか。ロケだといわれても信じない者が、何人かかならずいるだろう。

「そういえば、上杉記者は？」

私は周囲を見まわした。不愉快な新聞記者の姿は見あたらなかった。逃げ出したか、それとも制服警官たちに取材でもしているのか。

「首根《くびね》っ子をつかまえておかないと、あの男、何を書きたてるやら知れませんよ」

「上杉ゴトキを気にする必要ないわよ。日東新聞の上層部の弱みはちゃんとつかんでるから」

「どんな弱みです？」

「公私《こうし》にわたって一ダースほどね。ばれたら株主総会が大荒れでしょうよ。発行部数だって五〇万部くらい減《へ》ってしまうかもね」

涼子の邪悪《じゃあく》な笑顔を見て、私は上杉のことを気にするのをやめた。じつのところ、それ以上に気にすべきことがいくつもある。

「ちょっとあらためてお話してよろしいですか」

「いいけど、何？」

「順序が気にいらないんです」

「何の順序よ」

「最初にホテル・エンプレスでああいう事件がおこって、芝《しば》の兵頭《ひょうどう》警視がしゃしゃり出てきて、西太平洋石油開発の名が出てくる」

「べつにおかしくないでしょ」

「いや、あまりにテンポがよすぎるような気がしましてね」

周囲を歩きまわる警官たちと、音もなく降りつづく雨のカーテンでへだてられて、私たちふたりは変に孤立《こりつ》していた。気温が低下し、吐く息が白い。

「兵頭警視は、あなたや私をホテル・エンプレスの件から引きはなしたいようすでした」

「そのとおりよ。それがどうかしたっていうの」

「だいたいあなたには、ホテル・エンプレスでの事件について、捜査の権限もないんですからね。圧力がかかること自体おかしいじゃありませんか」

「あたしに権限がないっていうんなら、君は何で万魔殿《パンデモニウム》のことを調べたりしたのよ」

回転灯の赤い光が私たちの顔を横切る。

「あなたに権限があろうとなかろうと、補佐するのが私の仕事ですから」

「えらい、さすがはあたしの忠臣！」

何かいいかえしてやろうと思ったとき、横あいから声がかかった。古びているがクリーニングしたて、といった感じのコートをはおった中年の男が私にあいさつした。銀座署のベテランの警部補で小沼という。以前からの知りあいだ。なるべく「ドラよけお涼」のほうを見ないようにして、あとで銀座署に顔を出してくれるよう私に頼んできた。私が諒承《りょうしょう》すると、彼はあわただしく立ち去った。雨にぬれた後姿を見送りながら、私は話を再開した。

「もともとあなたは西太平洋石油開発に目をつけてたんでしょう。かならずウラで何かやってるにちがいないって。それを調べているうちに、ホテル・エンプレスの事件がおこった……」

「あたしが考えたのは、ニシタイという会社そのものが、一〇〇〇億円単位の秘密資金をひねり出すために設立されたのではないか、ということよ」

「ニシタイね。最初から、不正な資金をひねりだすためにつくられた会社ですか」

考えてみれば、ありうることだった。

石油開発公団とは特殊法人《とくしゅほうじん》である。特殊法人とは国民のおさめた税金をもとにして官僚たちがつくった組織で、あくまでも「公共の利益」が目的ということになっている。だが税金を何兆円も費《つか》いながら、経理を公開することはけっしてない。ただ、官僚たちが特殊法人をやめてはすぐつぎの特殊法人につとめ、そのたびに何千万円という退職金を受けとる、ということは報道され、人々の怒りを買っている。だが官僚には市民の怒りなど通じない。その証拠に、何十年間も何百回もおなじことがくりかえされ、あらためられることはない。

だがいまは西太平洋石油開発《ニシタイ》のことだ。

「あなたは、財務省三田分室と西太平洋石油開発《ニシタイ》との間に、何らかの関係があることを、すでにつかんでいた。ただ、どうやって切りこむか、決断のチャンスがなかった。そこへホテル・エンプレスの事件だ」

私はせいぜいハードボイルドな目つきで決めつけた。

「つまり、今日の昼に私が報告したていどのことは、あなたはとっくにご存じだったんですね」

「ええ、知ってたわよ」

しぶしぶという感じで涼子はうなずく。かくしておいた落第点の答案用紙を見つけられた女子中学生みたいだ。私は呼吸をととのえた。口を開こうとした寸前、涼子は手にしていたジャッキーさんのカサを、いきなり左の腋《わき》にはさみこみ、私に向かって両手をあわせた。

「ごめんッ!」

これは信じられないヒトコトだった。ドラよけお涼が、形だけにせよ私にあやまるとは。私はおどろき、追及のことばをどこかに落としてしまった。

「いや、あやまられてもこまるんですけどね……要するに、もうすこしくわしく事情を説明していただければいいわけで……例の兵頭警視がしゃしゃり出てきたことについては、心あたりがあるんでしょう?」

「そうね、正直なところ、こんなに展開がはやいとは思わなかった。昨日の今日だものね。

もう二、三日の余裕を見てたんだけど」

涼子は私の質問を肯定《こうてい》した。

「でも、とにかく泉田クンをナイガシロにするつもりはなかったのよ、ホントよ。きちんと話をするチャンスがなかっただけなの」

「わかってるんでしょうね」

「何をよ」

「本気《まじ》で消されますよ。このまま挑発的な行動をつづけてたら、ほんとにまずい。いくらでも例のあることですが、中堅官僚の謎の死で終わってしまいますよ」

半分は冗談である。実際に涼子が「処分」されるとしたら、形だけは栄転ということになるだろう。警視正に昇格させて、どこかの県の警察本部に転任させるか、ふたたびICPO《インターポール》に出向《しゅっこう》させてフランスに行かせるか。表面的には出世だから、文句のつけようがない。それが官僚機構のやりくちなのだ。

私のことばに対して、涼子の返答は、思ったとおりのものだった。

「あたしを消す？　やれるものならやってみなさいよ。こっちがやつらをまとめてリセットしてやるから！」

II

今日の午後、兵頭警視について教えてくれたとき、室町由紀子《むろまちゆきこ》は私にこういったものだ。

「お涼は警官として恕《ゆる》せないけど、兵頭警視は人間として恕せないの！」

そのことを私は涼子に話してみた。目的は、兵頭警視がどういう人物なのかたしかめる、という点にあったのだが、涼子の反応は妙な方角にずれた。

「べつにお由紀に恕してもらう必要はないわよ。あいつ、中学校時代に風紀《ふうき》委員をやってたなつかしい日々が忘れられないんじゃないの」

「室町警視はほんとに風紀委員をやってたんですか」

「やってたに決まってるでしょ！　それも、自分からすすんで引き受けて熱心につとめるタイプよ。あー、イヤなやつ！」

「そう決めつけなくても……」

「何いってんの。人間は現在のありさまを見たら、過去のことは九割がたわかるのよ。誰でもあたしの前につれてきてごらん、そいつの過去を五分間でいいあててやるから」

過去透視《かことうし》の超能力者みたいなことをいう。

その瞬間、私の脳裏《のうり》に、あるアイデアがひらめいた。吟味《ぎんみ》するよりはやく、私はそのアイデアを口にしていた。

「それじゃ、このさい室町警視にも協力してもらいましょう」

「えーッ、とんでもない、絶対イヤ！」

涼子の声がひときわ大きくなったので、何人かの警官が私たちのほうを振り向いた。ふたたび私はハードボイルドな目つきをつくってみせた。

「兵頭警視のことにしても、私に教えてくれたのは、室町警視です、あなたではなくて」

「ちょっとしたタイミングの問題よ。現に泉田クンを兵頭のやつから助けてあげたのは、あたしじゃないの。いったでしょ、お由紀のやつはあたしと兵頭をかみあわせて……」

「あなたの論法をもってすれば、敵の敵は味方ということになるでしょう。兵頭警視を共通の敵と見なせば、室町警視と手をむすぶぐらいのこと、できるはずですよ」

「それはそうだけど……」

「できませんか、どうしても」

「で、できるわよ。ただ、したくないだけよ」

「それは度量《どりょう》がせまいんじゃありませんか。何も熱い友情でむすばれろ、なんていってはいませんよ。とりあえず、腹背《ふくはい》に敵をつくるのは避けたらいかがです。まず全力をあげて、正面の敵をたたきつぶしたほうがいいと思いますが」

涼子は三秒ほど沈黙し、白い息のかたまりを吐き出した。

「わかったわよ。チャーチルだって、第二次大戦でヒットラーを倒すためにスターリンと手をむすんだものね。お由紀はまあスターリンよりすこしはましな女だわ」

室町由紀子の感想を聞いてみたいものだ。

だが、とにかく涼子は、宿敵である由紀子と手をむすぶことを承知した。おおいなる進歩というべきではなかろうか。

もっとも、私は涼子の返答を一〇〇パーセント信じたわけではない。明日になれば、けろりとした表情《かお》で、「あら、何のこと」というかもしれない。だが涼子は涼子らしく打算《ださん》をめぐらし、利害得失《りがいとくしつ》を考えるはずで、いったん室町由紀子との同盟がプラスと判断したら、その策を活用する気になるはずだった。

私は何だか自分が安っぽい陰謀家になってしまったような気がした。

涼子も不本意だろうが、私だって不本意である。私は国家的陰謀だの権力の暗部《あんぶ》だのにかかわりたくなんかない。政治的背景なんかと縁のない犯罪を捜査して、普通の暮らしをしている人たちの安全を守っていきたいのだ。だからこそ警官になり、刑事になったのに、何だってこんなキャリアどうしの同盟づくりにつとめなくてはならないのだろう。

「ま、あとは明日のことにして、銀座署に顔を出しましょう。小沼警部補が今夜の件で事情を訊《き》きたがってます」

「『びいどろ亭』のコキールはどうなるの？」

「銀座署で、ソバくらいとってくれると思いますよ」

「そんなのイヤッ！　今夜はコキールと決めてるの。小沼警部補、まだそのへんにいるんでしょ？　事情なら『びいどろ亭』で話すといって！」

「はいはい、わかりました」

涼子のせいにばかりするのは、たぶんアンフェアだろう。私もずいぶん空腹で、きちんとした食事をしたかった。もう午後八時をすぎている。銀座署の取調室《とりしらべ》で灰色の壁をながめながらソバをすするのは、考えるだけで気がめいる。

涼子とアイアイガサのまま、私は小沼警部補の姿をさがしだし、涼子の言葉をなるべく穏健《おんけん》に翻訳《ほんやく》して伝えた。小沼警部補はあきらかに不満そうなようすだったが、ちらりと涼子を見やると、苦労人らしいあきらめの表情でうなずいた。

私たちは「びいどろ亭」に向かって雨のなかを歩き、五分もかからずに到着した。この店は雨天《うてん》の客のためにビニール製のカサ袋をおいているので、有翼人の眼球を突いたカサをいれることができる。証拠保全のためにはけっこうなことだ。

奥まった四人用の席につくと、涼子が宣告した。

「ここの支払いは銀座署にもってもらいましょ」

「銀座署には気の毒ですね」

「いいのよ、銀座署は毎年、経理を操作して一〇〇〇万円単位の裏金《ウラガネ》をつくってるんだから、フルコースの二人前ぐらい痛くもかゆくもないはずだわ」

どこでそういう情報をしいれるのだろう。

ともかく私はハヤシライスとロールキャベツが食べたかったので、それを注文した。涼子は黒ビールのグラスを二ついいつけた。私は異議《いぎ》をとなえなかった。黒ビール一杯分ぐらいのはたらきはしたと思う。

ハヤシライスもロールキャベツも、期待以上においしくて、私は先日以来のおだやかな小市民気分を味わった。テーブルには、有翼人の眼球を突いたカサが立てかけられているが、そのことは脳裏《のうり》から追いはらう。

食後のコーヒーが運ばれてくるのとほぼ同時に、小沼警部補が姿を見せた。ウェイターに「水」といいつけると、涼子のほうを見ないようにして、あいた席に腰をおろす。

こういうノンキャリアの白眼視《はくがんし》に、涼子は慣れている。みごとな脚を組んで、かるくソッポを向いているので、私がおおざっぱに事情を説明し、涼子と私をおそった五人の男について尋《たず》ねた。小沼警部補が答える。

「いっさい口を割らないんだ。でも、そのうち三人は前科があったんでね、指紋をコンピューターで照合したら一発だった」

小沼警部補は、なるべく私を相手に話をしたいようである。その三人について、私だけ見ながら説明した。

産業廃棄物処理場の建設に反対したM町の町長を木刀でめった打ちし、全治三ヵ月の重傷を負《お》わせた男。

ボートレースの券の売場をつくる計画に反対した女性市議会議員の家にガソリンをまき、議員の子供に大やけどを負わせた男。

総会屋との絶縁《ぜつえん》を宣言した証券会社の役員を日本刀でおそって重傷を負わせ、一生、車椅《くるまい》子《す》を手放せなくした男。

「三人ともフダつきですね。職業的な暴力屋だ。もう出所《しゅっしょ》してたんですか」

「いずれも刑期を終えて出所してる。いまの世の中、人ひとり殺しても懲役《ちょうえき》七、八年ですむからな。殺人請負《うけおい》が職業として成立するんだよ」

にがにがしげな小沼警部補の口調である。

「前科のないふたりも、同種の人間に決まってる。それにしたって、合計五人だ。よほど力のある組織が動いているとしか思えんが、泉田さん、心あたりはないかね」

心あたりはある。だが、うかつに話していいものかどうか。糸をたぐっていくうちに、思いもかけぬ場所に出てしまうかもしれない。もし糸が警察の上層部につづいているとしたら。

涼子は形式的な栄転《えいてん》という形で警視庁を追われるかもしれない。あるいは由紀子も。私はどうだろう。

自嘲《じちょう》してみせるのもつまらない話だが、私はノンキャリアのコッパ役人にすぎない。両親も平凡な庶民で、政治的影響力などゼロだ。私がある日突然、不可解《ふかかい》な死をとげたとしても、警察が「単なる事故」とでも断定すれば、それでおしまい。捜査などいっさいおこなわれないだろう。

私が答えかねていると、あっさりと涼子が横あいから質問をさえぎった。

「心あたりはあるけど、部外秘《ぶがいひ》なの。いずれお話できると思うけど、いまはだめ」

「……そうですか」

予期どおりの返答であったにちがいないが、やはり小沼警部補は残念そうだった。

「ではこれ以上うかがいませんが、私らにでも協力できることがありませんかね」

「ないわね」

涼子の表情も声も「にべもない」という表現そのままである。証拠品であるカサを渡す気もないようだ。かわって私があやまった。

「すみません、こちらこそお役に立てなくて」

「ああ、いや、しかたないですな」

小沼警部補は何度めかの溜息をついた。

涼子が録音《オトイレ》に立ったので、あとにはノンキャリアの男ふたりが残された。これさいわいと私に質問するようなことは、小沼警部補はせず、いかにもオジサンらしい慨歎《がいたん》をしてみせた。

「あれほどの美人なのに、惜しいもんだ。もうちっと性格に可愛気《かわいげ》があったら、どこかの国の王さまが、お妃《きさき》にといってくるかもしれんのになあ」

だまって微笑していれば、現在でも涼子はどこかの国のお妃になれるだろう。そして一年後には盛大に宮廷革命《きゅうていかくめい》をおこして王さまを追い出し、自分が女王さまになるにちがいない。

べつに涼子を応援するわけではないが、地球上には、涼子に追い出されてもしかたのないような王さまたちがいる。好色と巨億《きょおく》の富で有名な東南アジア某国の王さまを、私は思い出した。二〇〇もトイレのある宮殿を建て、トイレの水道の蛇口《じゃぐち》をすべて純金でつくったその王さまは、アメリカの美人モデルを監禁して、「きわめて非紳士的に」ふるまった。モデルは帰国後、王さまを性的虐待で告発したが、「外国の元首に対する告発は法的に不可能」という理由でしりぞけられた。富と権力に値《あたい》しない王さまというのは、過去にも現在にも、童話の中にもいるものだ。

涼子が化粧室からもどってくると、小沼警部補は立ちあがり、型どおりのあいさつをして去った。彼がいなくなったあとで、私は、伝票《でんぴょう》がテーブルの隅《すみ》に置かれたままなのに気づいた。まずいな、と思っていると、

「いいわよ、たまにはおごってあげる」

奇特《きとく》なことを涼子がいった。

「へえ、いいんですか」

「たまにはよ。これからいつも、なんて思わないでよ」

「では今回だけ、エンリョなく」

あとでどういう形で「借りを返せ」といわれるか知れたものではないが、今夜は女王さまのおごりでいいだろう。先ほどの会話ぐらいで銀座署に支払ってもらうのは、やっぱり気の毒だ。

それにしても、と、私は考えずにいられなかった。

いま私がこうして食後のコーヒーをすすっている間にも、この栄華《えいが》をきわめる魔都《まと》のどこかで、誰かが密談しているかもしれない。涼子や由紀子や私をどのように処分しようか、と。その部屋には葉巻《ハマキ》の煙があわい紫色にただよい、黒猫《くろねこ》がものうげにうずくまり、暖炉では黄金色の炎がゆれ、ブランデーグラスのなかで琥珀《こはく》色の波がきらめいているかもしれない……。

ま、私の想像力はこのていどのものである。

III

一夜が明けて、つぎの日も雨だった。事件発生の第三日である。

昨夜、涼子は「日本一、警備の厳重な」高輪《たかなわ》のマンションに帰った。私は彼女を送っていって、マンションの入口で別れ、官舎《かんしゃ》にもどった。

別れぎわに、涼子はいった。

「今日までは予選。明日は決勝戦だからね。ゆっくり寝《やす》んで」

「眠れますかねえ」

「眠るのよ。上司の命令！」

涼子のアドバイスはたぶん最適のものだったろうが、涼子のカサを借りて帰る道すがら、私は、何者かに永遠の眠りを強《し》いられないよう、かなり用心した。練馬区の官舎に帰り着いてからも、戸締《とじ》まりを二度、確認した。用心のおかげかどうか、生きて朝を迎え、「パステル」のまずいコーヒーを飲むことができたのは喜ばしいことだ。

出勤してみると、机の上に警視庁内報がおかれていて、新任の警視総監の写真が大きくのっていた。

新任の警視総監は「文人《ぶんじん》総監」と呼ばれている。どうもご本人がそう称して、部下やマスコミに自己宣伝したらしいのだが、やたらと俳句や川柳《せんりゅう》をつくってヒロウしたがる。しかも、まともな俳句にも川柳にもなってはいない。

この朝の新聞に、昨夜の銀座での一件がまったく報じられていなかったことを、うそさむく思いおこしながら、私は、警視総監の最新作とやらに目を通した。

警察魂《わがこころ》　千々《ちぢ》に乱れて秋の雨

警察魂と書いて「わがこころ」と読ませるのがミソらしいが、そんなへたな俳句をひねって自己満足している場合か、と思ってしまう。総監は総監なりにいろいろと苦労しているつもりなのだろうけど、切りすてられる下っぱにしてみれば、心を乱すより助けてくれといいたくなるのだ。

「いずれにしても、頼りになりそうにないなあ」

警視庁のトップに対して、たかが警部補である私は失礼な感想をいだいた。この文人総監は、「ドラよけお涼」に対して甘いといわれ、その点では敵より味方に近い。だが、兵頭《たいしょ》警視を先鋒《せんぼう》とするアンチお涼グループが不穏《ふおん》な行動に出てきたとき、毅然《きぜん》としてそれに対処して涼子をかばってくれるほどの気骨《きこつ》があるとは思えなかった。うかつなことをすれば失脚《しっきゃく》にむすびつく。退職後の人生にもかかわってくる。見て見ぬふりをして、ただ警視庁内の暗闘《あんとう》が外部にもれないように努《つと》めるだけだろう。それもしかたない。そもそも涼子の味方をするということ自体、心労《しんろう》のもとである。

刑事部参事官室で、涼子のつぎに地位の高い丸岡《まるおか》警部が私に声をかけてきた。

「毎日ご苦労さんだねえ」

「いや、ま、何とかやってます」

「どうも泉田クンにばかり、お涼のお傅《も》りをしてもらって悪いが、まあ、ここはひとつ、他人にできない仕事をしていると思ってほしいもんだ」

丸岡警部は五〇代半ば。あと二年ほどつつがなく勤めあげれば、円満退職ということになる。かつては捜査第三課で堅実無比《けんじつむひ》の名刑事といわれていたそうだが、やっと警部に昇進したと思ったら、不幸にも薬師寺涼子の部下にさせられてしまった。いまではひたすら明日の無事を祈りつつ、玄米茶《ゲンマイ》をすすり、新聞を読む毎日である。

「人材のむだづかいだよなあ。現場に立たせてあげればいいのに」

口に出さずそう思っていると、机の上でインターコムが鳴った。

「泉田クン、いる？　すぐに来て！」

私は立ちあがって丸岡警部に会釈《えしやく》した。

「それじゃ、お傅りに行ってきます」

「うん、たっしゃでな」

何だかすごいあいさつを受けて、私は涼子の部屋にはいった。涼子は、例のカサをひそかに鑑識《かんしき》にまわしたと告げた後、私に五〇枚ほどの書類を渡した。ジャッキーさんがパソコンで送ってくれた資料をプリントアウトしたものだという。

「なるほどね……」

一読《いちどく》して、私はうなずいた。

西太平洋石油開発《ニシタイ》がまともな企業ではないということが、よくわかる。役員が一五名に一般社員が九名。これでまともなビジネスができるはずがない。しかも役員のうち一〇名が非《ひ》常勤《じょうきん》で、全員が財務省と経済産業省のＯＢだ。

常勤役員が年に五〇〇〇万円の俸給《ほうきゅう》に、個室と秘書と専用車つきだとしても、たいした総額にはならない。どうやって一〇〇〇億円単位の大金をつかいまくることができるのだろう。

「支払いのほうは、四〇ばかりの会社に採掘《さいくつ》費だの調査費だの研究費だのを払ったことになってるわ。でもすべて実在しない幽霊会社。笑っちゃうのは、これね」

涼子が指さした箇処《かしょ》に、「精神エネルギー工学研究所」とある。何ともあやしげな名前だ。所在地は千代田区三番町の高級マンション。年に三億円が顧問料として振りこまれている。代表者の名も記されていた。私がすぐには読めないでいると、

「百目鬼燦《どめきあきら》」

涼子がそう教えてくれた。

「あの万魔殿《パンデモニウム》と西太平洋石油開発《ニシタイ》と兵頭のヤツとを一本に結ぶ線よ」

「……何者ですか」

「医学博士で理学博士」

「……を看板《カンバン》にしたオカルティスト。宗教法人になってないから教祖《きょうそ》とはいえないかもしれないけど、精神エネルギー工学研究所には賛助《さんじょ》会員が九〇人ばかりいて、政・財・官界の大物ばかり」

「そりゃすごい」

アドルフ・ヒットラーほど極端でなくとも、権力者とオカルトの関係は深い。どれほど傲《ごう》岸《がん》な権力者であっても、しばしば自分の立場に畏《おそ》れをいだき、人知《じんち》をこえた存在を味方にしたい、と思うもののようだ。

それにしても、自然科学方面の博士号までとりながらオカルトにはまってしまうものかと思うが、じつはけっこうあることらしい。

東京の地下鉄にサリンをまいた狂信者集団にも、医学者や科学者がいて人々をおどろかせた。理科系の机上《きじょう》の秀才のなかには、

「この世に真実はひとつしかない。そして唯一《ゆいいつ》の方程式をとけば、効率的に真実にたどりつくことができる」

と信じこんでいる人がいるそうだ。だからインチキ教祖や詐欺《サギ》師が、

「私は真実を知っている。私の言葉こそが真実だ」

と自信満々でいうと、ころりとだまされてしまう。そういえば、私の中学校時代の数学の教師も、

「国語など学問ではない。この文章はいろいろ解釈できる、なんて、学問であるものか。方程式でとけるものだけが学問だ」

なんていってたものだ。その後、彼は同僚の女性教師と不倫《フリン》をし、職員室で相手の夫になぐり倒された。男女関係をとく方程式はつくれなかったと見える。ま、教師というのは損な職業ではある。子供からオトナになる第一歩というのは、教師に対する不信感なのだから。

「その男が財務省の施設のなかで、政・財・官界の有力者を相手に、しばしば講演会とか懇《こん》話会《わかい》とかを開いてるの」

「当然、講演料も受けとってるわけですね」

「まあそれは小さなことだけどね」

「そのドメキ・アキラなる人物が、魔術師まがいの力を使って政治家や官僚をあやつり、何かたくらんでいる、というわけですか」

「見てみて、これがドメキというやつの写真なんだけど」

差し出されたのは一冊の本だ。「すべてを予知する電脳《でんのう》方程式」というタイトルに、げっそりしながら裏表紙《うらびょうし》を見ると、ほとんど裏表紙全体を使ってカラー写真がのっていた。肉の薄い細長い顔で、鼻の下のヒゲがまるで似あってない。

「こいつが何年も前から？」

「事がはじまったのは一〇年前よ。そのころから、じつは事を運んでいたと思われる人物がいるの」

「誰ですか」

「代議士の中神真悟《なかがみしんご》よ」

「へえ、あの大物の……」

中神真悟は民主自由党の重鎮《じゅうちん》といわれる代議士で、年齢は正確には知らないが、たぶん六〇歳をすぎたあたりだろう。東大法学部卒というから、涼子や由紀子の大先輩にあたる。まだ大蔵省と呼ばれていたころの財務省につとめ、銀行局長で退職して政界に出た。新人代議士のころから切れ者といわれ、すでに三回も大臣になっている。大銀行の頭取《とうどり》たちも、中神の前ではまともに顔をあげられないそうだ。ずんぐりした身体をドブネズミ色のスーツにつつみ、黒い公用車から高級料亭《りょうてい》におりたつと、財界の大物たちがはいつくばって出迎えるとか。

「彼が経済産業大臣をやっていたときに、西太平洋石油開発《ニシタイ》が設立された。財務大臣をやっていたときに、三田分室が建てられた。これで見るかぎり、状況証拠は充分すぎるほどね」

「中神代議士がねえ……」

あいつならやりかねないぞ、という気がした。TVのニュースや討論番組で見たことがある。オリーブオイルでもぬりたくったかのように、広すぎるオデコをてかてか光らせて、情報公開への反対意見をまくしたてていた。

「国民の皆さんがすべてを知る必要はありません。知ったところで、何をどうする権限《けんげん》もないのですから。無知なシロウトの感情論ほど危険なものはない。政治も行政も、専門家にまかせておけばいいのです」

なんてえらそうなことをいいながら、議員会館に女子大生を引っぱりこんで、「フテキセツな関係をむすんでいた」場面を写真週刊誌に撮影されてしまった。ついひと月前のことだ。さらに、乱脈《らんみゃく》経営でつぶれた銀行から二億円の献金《けんきん》をもらっていたとか、スキャンダルにはことかかない。

ただ、そのような人物であるから、悪事をはたらくにしても、かなり俗《ぞく》っぽい動機だろうと思われる。

「で、彼らは、それだけの権力と資金力と根拠地とを好きかってに使って、何をしようというんでしょう」

「それは万魔殿《パンデモニウム》に乗りこめばわかるわ」

「乗りこむ気ですか」

「もちろん」

「捜査令状《そうされいじょう》もないのに？」

「令状？ たかが紙きれ一枚で、あたしのやることを掣肘《せいちゅう》されてたまるもんですか。それより、泉田クン、昨日の件は本気よね」

一瞬の間をおいて私はうなずいた。

「室町警視に協力を求める件ですね。ええ、本気です」

「あんなやつの協力、ほんとは必要ないんだけど、ジャマされてもこまるし、巻きぞえにしておいてあとしまつを押しつけるというのは、いい考えかもしれない」

私は意見をのべるのをさしひかえた。

「それじゃ、泉田クン、お由紀のところにいって早急《さっきゅう》に話をつけてきて。形だけは礼儀ただしくするのよ」

「ご心配なく」

あなたではありませんから、という言葉はのみこんだ。

警備部は機動隊を統轄《とうかつ》しているが、実戦部隊の基地は都内の市谷《いちがや》、若松町《わかまつちょう》などにあって、警視庁にあるのは事務部門だけだ。

一〇階の警備部参事官室をおとずれると、まず女性職員が出てきて用件をたずね、つぎに岸本《きしもと》警部補があらわれた。いやにつやつやした顔色なので、つい皮肉をいいたくなった。

「元気そうで何よりだ」

「えへへ、若いですからね」

「そりゃけっこうなことだな」

「いや、それほどでも。泉田サンだって、人生で一番かがやかしい時期があったでしょ？」

過去形でいいやがる。こいつなら巻きぞえにしても、たいして良心は痛まない。

「お涼の用件で来たんだが……」

「お涼さま、でしょ」

岸本は、直接の上司《じょうし》ではない薬師寺涼子を崇拝《すうはい》して「お涼さま」と呼ぶ。涼子にセッカンされたりバトウされたりして陶然《とうぜん》となるという、かなりあぶない崇拝のしかたである。

「そう、お涼さまの用件だ。お前さんの上司に会わせてくれ」

通してもらった室町由紀子の部屋は、涼子の部屋とちがって、まともで常識的だった。だから描写の必要もないほどだ。ただ、大きな書棚《しょだな》の上半分はガラス戸で、法律書や人事録が並んでいるが、下半分は板戸《いたど》だから、内部のようすはわからない。

由紀子にすすめられて椅子《いす》にすわった。

きのう由紀子が読んでいた文庫本の題名を、私は思い出した。「笑う警官」。ストックホルム警視庁殺人課主任のマルティン・ベック警部を主人公にしたミステリー・シリーズの一冊だ。私も読んでいる。誰もが認める傑作だ。

「失礼ですが、マルティン・ベックがお好きなんですか」

ついそう尋《たず》ねてしまった。由紀子はすこしおどろいたようだが、

「そうね、ベックもいいけど……」

由紀子はきまじめに答えた。

「わたしのひいきはグンヴァルト・ラーソンなの」

「へえ、そうですか」

意外だった。もっとも、何が意外かと問われると、すこしこまるが、いささか由紀子にそぐわないような気もする。

グンヴァルト・ラーソンはベックの同僚で、つまり殺人課の警部。有能でしかも強いが、上司からも同僚からもきらわれている。良家《りょうか》の出身で、高価な持物やデザイナーズ・ブランドを自慢し、口が悪くて尊大《そんだい》で横暴でワガママで自分かってなのだ。

……あれ、誰かに似てないか。

私はちらりと由紀子を見たが、「優等生はあんがい不良や無頼《ブライ》にあこがれる」という俗説《ぞくせつ》をうかつに口にするのは、すこしはばかられた。本題にはいることにする。

「……というわけで、薬師寺《やくしじ》は、あなたに協力をあおぎたいと申しておりますが、いかがでしょうか」

由紀子は苦笑した。

「すすんでお涼がそんなことというとは思えないわ。泉田警部補の考えでしょう?」

「お見とおしですね。でも、もともとあなたが兵頭警視に気をつけるよう教えてくださったんですよ」

「ええ、それはおぼえてるわ」

「薬師寺より兵頭警視のほうが危険だとお考えですか」

「お涼は組織を破壊しようとしているけど、兵頭警視は組織を腐《くさ》らせようとしている。わたしにはそう思えるの」

「それって、病原菌より爆弾のほうがまし、という風に聞こえますが」

「そうね」

うなずいてから、由紀子は苦笑しかけて、それをおさえつけた。

「口をつつしみなさい、泉田警部補、かりにもあなたの上司でしょ」

「そうでした。残念なことに親や上司や担任教師は選ぶことができませんので」

由紀子は、今度は完全に笑った。いい笑顔だ。いつもしかつめらしい表情《かお》をしているのはもったいない。

「結局、具体的に兵頭警視という人は何をしたんです?」

自分がされたことを、私は思い出していた。踏みにじられた足の甲にはあざができて、いまでも痛む。兵頭が私に対してのみサディスティックだったとは思えない。

由紀子は、目に見えてためらった。考えてみれば、これまで彼女が兵頭警視を批判したことは何度もあるが、具体的なことはまったく口にしていない。

たっぷり一分間ほどの沈黙の後、とうとう決心したように由紀子は話しはじめた。

兵頭は長いこと警視庁総務部人事第一課につとめていた。ここでは、警官たちの行動を調査して、さまざまな不祥事《ふしょうじ》をおこした者を、外部に知られないよう処分する。処分というのは左遷《させん》とか退任《たいにん》とかであって、涼子のように「消しておしまい！」ということではない。

ミス警視庁の候補になったこともある美人の婦人警官が、道で財布《さいふ》をひろってそれを自分のものにしてしまった。金額は五〇万円ほど。子供を有名私立幼稚園に通わせる費用がほしくて、でき心をおこしたのである。

どうやってか、そのことを察知《さっち》した兵頭は、婦人警官に強要《きょうよう》して肉体関係をむすんだ。それも一度ではすまなかった。夫に知られ、逆上《ぎゃくじょう》した夫は、男の名前をいえとどなって、彼女に暴力をふるった。彼女が気づくと、手に包丁《ほうちょう》があり、夫は血の池のなかに倒れこんでいた。死んではいなかったが、彼女は殺したと思いこんだ。彼女は子供を実家にあずけに行き、帰途《きと》、高層マンションの屋上から身を投げた……。

「その女《ひと》は、わたしが新人のとき研修を担当してくれた女だったの」

そういって由紀子はうつむいた。私もしばらく声が出なかったが、やがていった。

「仇《かたき》をとってやりましょうよ。そのためには、不本意《ふほんい》でも、一時《いちじ》、薬師寺警視と手をむすんだらいかがです？」

他人の弱みをにぎって脅迫するという点では、薬師寺涼子も兵頭とおなじことをしているように見える。だが決定的なちがいがあった。涼子がおどす相手は、自分より地位が上の者にかぎるのだ。私にとって、これはきわめて重大な事実だった。

Ⅳ

私たちは二時に、ある場所で会合した。ＪＲ四ツ谷駅の近く、若葉《わかば》にある会員制の高級スポーツクラブである。

「絶対、安全な場所があるの。盗聴されるおそれもないところよ。あたしにまかせなさい」

涼子が胸をそらした、その場所こそ、このスポーツクラブだった。むろんＪＡＣＥＳの経営で、涼子はＶＩＰ待遇である。

ここの会員には有名人が多いそうだが、平日の昼間ということもあってか、あまり客は多くなかった。クラブのインストラクターの中には、トライアスロンやエアロビクスの世界的な選手もいるそうである。

由紀子と岸本が時間をずらしてやってくると、涼子は一同を特別室に案内した。

二階にある広い部屋だった。眼下《がんか》にインドアプールがあって、インストラクターらしいみごとな健康美の若い女性が、中年から初老にかけての女性客六人を指導しているのが見える。女性スタッフが涼子に最敬礼しながらコーヒーを運んできた。私は岸本と並んでプールを背にしたソファーにすわった。

岸本はＴＶアニメ「レオタード戦士ルン」の熱烈なファンで、番組に登場する美少女八人の等身大の人形を全部そろえて持っているそうだ。官舎の一室は「レオタード戦士の部屋」になっていて、ポスターにLD、ビデオ、大小無数の模型《フィギュア》、声優《せいゆう》のサイン色紙などなどで埋まっているという。まあ誰に迷惑をかけるわけでもなし、声優に対してストーカー行為にでもおよばないかぎり、とがめだてするようなことでもない。したしくつきあう気にはなれないが。

だいたい、「レオタード戦士」を「地底人」に置きかえれば、涼子だってレベルはそう変わらない。アクラツなことに、涼子は、岸本の嗜好《しこう》を知って、等身大人形をエサに岸本を警備部内の情報源として利用しているのだ。

さて、現在ただいま、薬師寺涼子警視のもとではたらいている私の肩書《かたがき》をラレツすると、つぎのようになる。

部下。奴隷。家畜。助手。弟子《でし》。忠臣。執事。祐筆《ゆうひつ》。副官。

今回あらたに加わった肩書がある。いわく、通訳。

薬師寺涼子と室町由紀子とは、兵頭警視とその背後にうごめく勢力とを共通の敵として、同盟をむすぶことになった。とはいえ、まったくやむをえない事態で、好きこのんでのことではない。東大に入学して以来、九年にわたって反感を育《はぐく》んできた仲なのだ。口を開けば舌《ぜっ》戦《せん》になる。

公平に見て、舌戦をエスカレートさせる責任の大半は涼子のほうにあると思われるのだが、涼子にも多少の自覚はあるようで、この場ではまず由紀子のほうから先に意見をのべるよううながした。

そこで由紀子が口にしたのは慎重論である。ここ二、三日はこちらからは動かず、警視庁上層部の反応を確認しながら物証《ぶっしょう》と証人をそろえ、正式な捜査令状をとろう、という。正論のきわみというべきだろう。それに対して、

「何ネボケたこといってんの。あんた、事態をちゃんと把握《はあく》してないんじゃない？」

せせら笑うと、涼子は私に向かってせきたてた。

「ほら、通訳して！」

命じられて、私は、ひとつ大きく咳《せき》ばらいした。

「えー、薬師寺が申しますには、その方法は迂遠《うえん》ではあるまいか、と。すでに待機《たいき》の時期はすぎている、できれば迅速《じんそく》に行動したいのだがいかがでしょうか、ということです」

由紀子は眼鏡《メガネ》をきらりと光らせた。

「そう？　わたしにはもっと下品な台詞《セリフ》のように聞こえたけど、気のせいかしら」

「あらあら、気の毒ね、三〇歳そこそこで幻聴《げんちょう》が出るようになるなんて。原因は老化？　それとも欲求不満かしらね」

「わたしはあなたとおなじ年齢《とし》よ！　まだ三〇歳になってないわ」

「そりゃ同期だけど、年齢のほうは知らないわよ。ま、精神的にあたしより成熟していると

は、ちっとも思ってないけどね」

　ひと息いれて、涼子は私に命じる。

「ほら、通訳！」

「……と、薬師寺は申しております」

「それじゃ通訳になってないでしょ」

「あー、もう、いいかげんにしてくださいよ。さっきから全然、建設的な話しあいになってないじゃないですか」

「だって、お由紀の提案がちっとも建設的じゃないんだもの。ここまできたら総攻撃をかけて、万魔殿《パンデモニウム》をたたきつぶして、理屈《りくつ》はあとでつけりゃいいのよ」

「あなたの提案は、建設的どころか破壊的じゃないの。もうすこし自分の立場をわきまえたらいかが⁉」

　由紀子の声もとがってきた。

「すみません、室町警視も落ち着いてください。わざわざお呼びたてしてこうですから、さぞご不快とは思いますが」

「必要以上にテイネイになることないわよ、泉田クン。お由紀が泉田クンに給料はらってるわけじゃないんだから」

「あなただって泉田警部補に給料はらってるわけじゃないでしょ！」

「あたしは泉田クンの上司！　あんたなんか上司でも何でもないじゃないの。泉田クンを有能な部下に育成《いくせい》したのはアタシなんだからね！　くやしかったら、あんたも岸本を有能な部下に育ててごらん」

私を有能といってくれたのはありがたいが、涼子に育成してもらったおぼえはないぞ。それとも、育成とは「飼いならす」という意味なのだろうか。

とにかく、右をなだめ左をすかして、何とか会談をつづけさせた。通訳というより司会である。あるいは、検事と弁護士との論戦をさばく裁判長だろうか。いや、それほどりっぱなものではない。むしろ野球選手にこづきまわされる審判だろう。

いったんおさまりかけた舌戦が、またあれはじめたのは、涼子が、情報のほとんどを、財務省や石油開発公団のコンピューターに対するハッキングによって得た、といったからである。由紀子がきっとなった。

「ハッキングは違法行為よ。違法行為によって得られた情報は、裁判上、証拠として認められません。そもそも政府機構に対してハッキングするなんて……」

「あら、あんた、いつから人権派弁護士の手先になったのよ」

「わたしたちは警察官でしょ」

「辞表を出したおぼえはないわね」

「だとしたら法と倫理を守り、社会人として正しい道を歩むべきだわ」

「オーッホホホホ！　そんなタワゴトは、総理大臣にいってやったら？　あたしの良心はちっとも痛まないわよ」

「ないものが痛むはずないでしょ」

「あーら、案外しゃらくさい口をたたくじゃないの。あたしが人間でないとでもいう気？」

「人間でないといえば有翼人《ゴーイン》ですね。あれはいったいどういう種属《しゅぞく》なんでしょうか」

私は冷汗を流して、強引に話題を転換させた。

「そうね、ほんとに、あんな生物がこの世界に存在できるものなのかしら」

由紀子の疑問はもっともだ。私だってこの目で見ていなかったら、とうてい信じられるものではない。ひと目でも見てしまったからには、正体を突きとめずにいられるものではなかった。

その点では涼子と由紀子にも、意見のちがいはない。ただ方法論に天と地のちがいがあるのだった。

第五章　警察官僚と網タイツ

I

犯罪者のいない「ドラよけお涼」は、オモチャのない幼児も同様《どうよう》。つまり薬師寺《やくしじ》涼子《りょうこ》にとって犯罪者はオモチャである。さんざんなぐさみものにして、こわれたり飽《あ》きたりしたらすててしまい、あたらしいオモチャをさがす、というわけだ。世の中には犯罪者よりタチの悪い人間がいるものである。

というわけで、涼子は警察にはいって以来ずっと、あちこちから情報を集め、政・財・官・文化の各界にわたって熱心にオモチャをさがしていた。その結果、何百人もの大物のスキャンダルを発見し、それを悪用してやりたいほうだいにふるまっているわけだ。

そういったスキャンダルのなかで、涼子の注目をひいたのが、「万魔殿《パンデモニウム》」こと財務省三田分室の件と、石油開発公団および西太《ニシタイ》平洋石油開発の件とだった。それぞれ、官僚たちの腐敗堕落《フハイダラク》ぶりをしめすありふれたスキャンダルだったが、これが一本の線につながると、あらたな構図《こうず》が見えてくる。中神《なかがみ》代議士が西太平洋石油開発《ニシタイ》から二〇〇〇億円の資金を引き出し、それを財務省三田分室に持ちこんで百目鬼《どめき》燦《あきら》が何かをやっている。だが具体的に何をやっているかまではわからない。

そこで涼子は挑発行為に出た。JACESの組織を利用して、中神代議士、百目鬼燦、西太平洋石油開発《ニシタイ》の周辺に噂を流したり、彼らを尾行させたりしたのだ。

「警察が中神や百目鬼に目をつけている。いずれ強制捜査に踏みきるかもしれない。この件にかかわっているのは警視庁刑事部の参事官だ」

とまあ、だいたいそんな内容である。

効果はここ数日で急激にあらわれた。

「……まさか有翼人なんてものまで出てくるとは思わなかったけど、銀座の暴漢《ぼうかん》どもについては思ったとおりの反応なわけよ」

これまでのことを説明しおえた涼子に対して、由紀子がひややかに問いかけた。

「要するに、あなたは火遊びしているうちに、火薬庫だか原子炉だか、とんでもない危険な場所に近づいたというわけね。そして泉田《いずみだ》警部補を巻きぞえにした……」

めずらしく涼子はだまりこんだ。由紀子に攻撃のきっかけを与えてしまったことに気づいたようだ。

「答えなさい、お涼！」

手きびしく由紀子がつめよる。私はひそかに手に汗にぎったが、岸本《きしもと》も同様だったろう。涼子は三度まばたきした。三度めのまばたきは、完全に開きなおる合図《あいず》だった。

「あー、もう、うるさい風紀《ふうき》委員だこと。何よ、えらそうに『答えなさい』だって。そんな台詞《セリフ》、せめて教頭にでもなってからにしたら？」

「何のこと、風紀委員って。わたしは……」

涼子は手を振って由紀子をさえぎった。

「あたしの手のとどくところに火薬庫を建てるやつが悪いのよ。そうでしょ！　この東京で、いえ日本で、よからぬことをたくらんだら、かならずあたしのアンテナにひっかかるの。天があたしに、犯罪者どもをやっつけるよう依頼してるんだから」

「あきれた。あなた、自分が天の使者だとでもいうつもりなの」

「使者じゃないわね。天がフガイなくて地に悪がはびこってるから、代理をつとめてあげてるの」

「つきあいきれないわ！」

ついに由紀子はソファーから立ちあがった。

「一時的にせよ、あなたと協力関係をきずけるかもしれないと思ったのがまちがいだった。かってになさい。わたし、帰らせていただきます」

「どうぞどうぞ、あんたみたいな不覚悟《フカクゴ》なやつ、最初からあてにしてないわよ。足を引っぱられるくらいならまだしも、後ろから背中を撃たれたりしたら、たまったもんじゃないからねッ」

「後ろから撃つ!? わ、わたしがそんな卑怯《ひきょう》なまねをするとでも……」

「あーら、世界各国の歴史をご存じないの。ひとたび味方を見すてた者は、結局、とことん裏切者《ウラギリモノ》になって、ついにはかつての味方を攻撃するしかなくなるのよ」

「そうね、あなたならやりかねないわね。でもわたしには不可能だわ、そんなきたないマネ」

私は思わず大きな声をあげてしまった。

「あなたがたは協力しあうために、わざわざここにいらしたんでしょう? 小学生じゃないんですから、どうか、もうすこしオトナの議論をしてください!」

だんだん私の心境は女子校の教師に近づいてきた。室町由紀子など、ひとりでいるときには聡明《そうめい》で冷静で緻密《ちみつ》で公正で優秀な秀才官僚だろうに、薬師寺涼子と同席すると、どうしてこうもレベルがさがるのだろう。毒にあてられるのか、本質があらわれるのか。

今回の件について、私の考えは涼子のほうに近い。速戦《そくせん》主義である。何しろ昨夜、銀座で有翼人二匹と地上人五人におそわれたのだ。今夜もおそわれないとはかぎらない。夜ごとに襲撃をおそれて眠れなくなってはたまらない。はやく結着《けっちゃく》をつけたい、というのが私の本心だった。

とはいえ、ギャンブルも同様で、はずれたときには目もあてられない。理はむしろ由紀子の慎重論のほうにある。私はしばらく才女ふたりの「オトナの議論」に耳をかたむけた。

「時間をかければかけるほど、敵の防御《ぼうぎょ》はかたくなるのよ。証拠を湮滅《いんめつ》した上、あんたやあたしを辞令一枚で外国へ飛ばしてしまうことだってできるんだから。大使館の書記官という名目《めいもく》でね」

涼子は吐きすてた。

「そうなったら、視察という名目で、血税《ケツゼイ》つかって物見遊山《ものみゆさん》にくる議員どものめんどうみなきゃならないのよ。選挙区民あての絵ハガキの宛名《あてな》を一万枚も書かされたり、売春婦をあっせんしたり、カジノですったおカネをたてかえたりさせられるのよ。それでもいいの、あんた!?」

「いいとはいってないわ」

「だったら、さっさと敵に先制攻撃をかけてたたきつぶしてやるべきじゃないのさ」

「敵、敵とあなたはいうけど、敵の全貌《ぜんぼう》だってまだつかんではいないのよ」

「そんなこと、あの『万魔殿《パンデモニウム》』に乗りこんだらわかることでしょ」

「ずいぶんとズサンな話ね。乗りこんでみて何もなかったらどうするの! あなたが辞表を書くだけじゃすまないわよ」

「そうよ、あんたも書くのよ！」

　突然、岸本が口をはさんだのはこのときだった。

「あの、ちょっといいですか。ええとですね、室町警視と薬師寺警視は万事、同格《どうかく》でいらっしゃいます。これではいつまでたっても結論が出ません」

「誰が同格だってのよ」と涼子。

「結論は正しいほうに帰《き》すべきよ」と由紀子。

　岸本はへらへら笑って頭に手をやった。

「とまあ、こういうグアイで、おふたりともお譲《ゆず》りにならない。そこでワタクシ、ちょっと考えました」

「あんたが考えた？　それでどうしようっていうのさ」

　お涼が言葉の剣で岸本をつついた。由紀子もわずかに柳眉《りゅうび》をひそめて岸本を見やる。岸本は手をもみながら答えた。

「そこでです、このさいもっとも人生経験ゆたかな最年長者に結論を出してもらってはいかがでしょうか」

「年長者……」

　つぶやいた由紀子が、何かに気づいたように私を見た。涼子の視線も私に向けられる。その意味に、ようやく私は気づいた。

「え、私ですか!?」

いわれてみれば、三三歳の私はたしかに一座の最年長者である。涼子や由紀子より六歳も上だ。だが警視庁では青二才あつかいだし、日ごろ年長者として敬意を払われているわけでもないから、実感がなさすぎた。

「だめだめ、私はしがないノンキャリアですよ。警視おふたりをさしおいて、警部補ごときがそんなこと決定できるわけないでしょう」

「いえ、そうしてちょうだい」

マジメな表情で由紀子がいった。

「お涼が決めるより納得できるわ」

「あら、いってくれるじゃない。でも、あたしもそう思う。お由紀が決めるよりマシ。決めて、泉田クン」

私は「うーん」となった。

II

速戦即決《そくせんそっけつ》。

結局そう決まったのは、涼子が四枚の招待状をテーブルの上に投げ出したからだった。

招待状というのは、この日の午後六時三〇分から財務省三田分室、つまり「万魔殿《パンデモニウム》」でもよおされる懇話会《こんわかい》のもので、主催者は財務省OB会「桜心会《おうしんかい》」代表・中神真悟《なかがみしんご》となっている。宛名《あてな》は財務省の現役若手官僚たちだ。

「もちろんホンモノよ」

と、涼子は脚同様に完璧《かんぺき》な形の胸をそらした。たしかにホンモノと確認してから、私は、どうやって入手したのかを尋《たず》ねた。

「悪魔からのプレゼントよ」

とは涼子はいわず、財務省大臣官房秘書課から、欠席者の分をひそかにまわしてもらったのだ、と答えた。私は諒解《りょうかい》した。ジャッキーこと若林健太郎氏の協力によるものだろう。何しろ「国家機密ぐらいいくらでも」なんてことをいってたほどだから。

「これを使って万魔殿《パンデモニウム》にはいりこむ。そしてとんでもない犯罪の証拠を見つけてやるわ。うまくいけば今夜のうちにケリがつく」

「そうね、うまくいけばいいけど、懇話会ってどんなことをするのかしら」

「財務省のお役人どもときたら、大蔵省といってたころから、女性にあやしげなカッコさせるのが大好きだからね。新人の女性キャリアは、歓迎会のときバニーガールの扮装《フンソウ》して先輩とデュエットするのが恒例《こうれい》だったしさ。どうせあやしげなショーでもやるに決まってるわよ」

「異議をとなえる根拠はありませんね」

涼子、由紀子、私の会話をしばらくだまって聞いていた岸本が口を開いた。

「ええとですね、室町警視、薬師寺警視のおふたりがうかつに潜入なさっていいものでしょうか」

「どうしてよ」

「だって財務省のエリートたちが集まるんでしょう？」

「それがどうしたの」

「おふたりとも東大法学部のOGじゃないですか。顔見知りがうようよいるんじゃありませんか。見つかったらまずいですよ」

「たしかにその可能性はあるけど……」

由紀子があごに指先をあてる。

「双生児《フタゴ》の妹ってことにしたらどうかな」

ほんとに東大法学部卒業か、といいたくなるような台詞《セリフ》を、涼子が口にした。由紀子が露《ろ》骨《こつ》なケイベツの視線を向ける。

「招待状の宛名《あてな》と一致しなかったら、どう逃げようもないじゃない」

「そこまで敵も調べやしないわよ」

「ま、そのあたりは臨機《りんき》応変《おうへん》でいきましょう。あまり心配してもしかたありませんから」

最年長者とやらの義務で、私は、そう話をまとめた。

四枚の招待状の宛名を再確認して、それぞれに割りあてた。涼子は「豊田昌美《とよたまさみ》」、由紀子は「柿谷薫《かきたにかおる》」、岸本は「中井光弘《なかいみつひろ》」、私は「岡本勲夫《おかもといさお》」に、それぞれなりすますことになる。ホンモノの豊田昌美や柿谷薫はあるいは男性かもしれないが、女性としても通用する名だ。ジャッキーさんはそこまで配慮してくれたのだろうか。

招待状を手にして、なさけない表情《かお》をしたのは、レオコン岸本だった。

「あのう、ボク、後方援護《こうほうえんご》が性格的にも向いてると思うんですよね。ボクは外にひかえていて、いったん連絡をいただいたらただちに応援を呼んで駆けつけるというのが、戦力配置という点でもよろしいのではないかと……」

涼子がせせら笑った。

「そうしたら？　お由紀。あんたの子分は気がすすまないようだから。足手まといになってもこまるしさ」

やや残念そうに、由紀子もうなずいた。

「そうね、むりに来なくてもいいのよ、岸本警部補」

「……いえ、不肖《ふしょう》ながらオトモいたします」

岸本は首と肩を同時にすくめた。涼子と由紀子にそろって「役立たず」と思われてはまずい、と考えたようである。

涼子はすぐ話題をうつした。

「今夜八時、港区三田四丁目の『三田分室』とだけ表札に書かれた豪邸で大事件がおこる。門の前に集まってその時を待て」

そういう情報を、すでに涼子は、高校生の携帯電話《ケータイ》情報網に流した、というのであった。

「だから八時になったら門の前に、何百人かの高校生が集まってくるでしょうよ。となると、やつらも変なマネはできないわよね」

「高校生を巻きぞえにするんですか。それはまずいと思いますが」

「だいじょうぶ、ちゃんと『危険につき身の安全は保障できない』と伝言につけ加えておいたから。あとは本人の責任よ。高校生にもなったら、そのていど判断がつくでしょ。保育園児じゃあるまいし」

涼子はインターネットにも「万魔殿《パンデモニウム》」に関する情報を流したという。はっきりいって、あることないことならべたて、物好《ものず》きどもの好奇心をそそりたてるのだ。涼子の戦術は明快で、敵が隠したがっている以上、あばきたてて世間に広く知らせるようにすべきだ、というのだった。

「ところで、目的地には何を持っていきますか。捜査令状もなし、身分をいつわっていく以上、警察手帳も持っていくわけにはいかないでしょうね」

「警察手帳はまとめてここの金庫にいれとくといいわ。それと、変装というのもオオゲサだけど、サングラスを用意していきましょ」

「も、もしですよ、敵につかまって暴力をふるわれたらどうするんですか。警察と名乗ることもできず、痛めつけられっぱなしですか」

心細い声を岸本が出す。

「何いってるの。つかまる前に逃げる、逃げられないときは相手を痛めつけてヒトジチにして逃げる、それだけのことじゃない」

涼子の台詞《セリフ》は、生まれてこのかた、痛めつけることはあっても痛めつけられることはなかった人間の台詞である。

私は腕を組んで天井を見あげた。どうにも乱暴な計画に加担《かたん》してしまったような気がするが、物事のなりゆきには慣性《かんせい》というものがあって、ここまで来るとやめるわけにはいかない。やめるといったところで、もう敵のほうが見逃《みのが》してくれない。昨夜、銀座であったようなことが、今後いつどこでおこるか。警察内部にまで、兵頭のような敵対者が存在する以上、手をつかねていれば、どんどん追いつめられるだけだ。やるしかないのである。

私とおなじことを、室町由紀子も考えたにちがいなかった。

III

「万魔殿《パンデモニウム》」の玄関ロビーは、一昨日《おととい》見たホテル・エンプレスのそれに劣らない豪華さだった。床も壁も天井も、最高級の輸入大理石だ。

以前に経験した事件から、私は大理石に対してすこし用心したくなる。だが、おなじような事件がおこることはもうないだろう。おこるとすれば、もっとひどい事件だ。

なるべくさりげなく、私はサングラスごしに周囲を見まわした。一昨日、涼子と私を追いはらった鍛治《かじ》という男の姿は見えない。兵頭警視の姿も。どこかから暗い冷たい目で私たちを監視しているかもしれないが。

受付で記帳《きちょう》をすませ、会の名にちなんだ桜花形のリボンを胸につける。終わってから涼子がささやいた。

「ちゃんと他人の名前を正しく書けた?」

「だいじょうぶですよ」

「そう。あたしはまちがえたかもしれない。まあいいか」

よくはないが、いまさらどうしようもない。

クロークがあったので、コートをあずけようかと思ったが、やめておいた。涼子が大騒動をおこしたら、あずけたコートをとりにいけるかどうかあやしいものだ。

「ここのガードマンは全員が百目鬼《どめき》燦《あきら》の教団の信徒なんだそうよ」

「いつもこんなに多いんでしょうか」

「今日は特別でしょ」

私たちの声が聞こえたわけでもあるまいが、二、三人のガードマンがこちらを見た。ひとりひとり顔だちがちがうのに、目つきだけがそっくりなのが不気味《ブキミ》だ。

狂信者はもっとも兇悪な兵士になる。十字軍、アメリカ大陸を征服したスペイン軍、一九九五年に東京の地下鉄でサリンをまいた宗教団体にいたるまで、「異教徒を虐殺すれば神にほめられて天国へ行ける」と信じこんでいるからしまつが悪い。

それだけではない、狂信者はしばしば薬物であやつられている。カルト教団が非合法の薬物をつくっていたという例は、日本でもアメリカでも多いのだ。

「うわー、何だこれは……！」

岸本が奇声《きせい》をあげ、あわてて口をおさえた。気づくと、目の前の壁に大きな絵が二枚ある。

岸本が奇声をあげるのも、無理はないかもしれない。二枚とも、ずいぶんと気味の悪い絵だ。首のない人間が歩いている。一枚は男の絵、一枚は女の絵で、首もないのになぜ男女のちがいがわかるかというと、ひとつには服装だが、もうひとつ、もっとイヤな理由がある。

ふたりとも、斬り落とされたらしい自分の首を両手でかかえていて、顔が見えるのだ。

「女は聖ヴァレリア、男は聖ドニね」

涼子が説明してくれた。

「どういう人たちですか」

「ふたりともキリスト教の聖人よ。異教徒のために殉教《じゅんきょう》して、つまり殺されたんだけど、斬り落とされた自分の首を両手でかかえて墓地まで何キロも歩いたんだって。異教徒たちはおどろいたそうよ」

そりゃおどろくだろう。「キリスト教徒はバケモノか」と思ったにちがいない。キリスト教にかぎらず、ある宗教にとっての聖人は、奇蹟を強調するあまりにかえって怪物じみてくるようだ。

「こんな絵を飾ってあるのは、何か宗教的な意味があるんでしょうか」

「さあね、たぶん値段が高いだけだと思うけど」

絵の前を通りすぎるとロビーで、すでに一〇〇人近い出席者があちこちで輪をつくって談笑したり歩きまわったりしていた。歩きまわるひとりの男を見やって、涼子がその名を口にした。

「あら、七条熙寧《しちじょうひろやす》がいるじゃない」

「誰です、そのごたいそうな名前の人物は」

「国家公安委員長よ。おととい ホテル・エンプレスで会ったでしょ」

「へえ、そんな名前だったんですか。でも何でここに」

「中神真悟の派閥だもの。ボスのおともで来てるんでしょ。でも、ま、これで何かあったら、あいつに責任をとらせてやれるわ」

見つかるとさすがにまずいので、私たちはその場を離れ、奥のほうへ移動した。涼子の視線が出席者たちの顔をひとなでする。

「よくまあこれだけ、うさんくさい連中が顔をそろえたものね。全員まとめれば二万四〇〇〇年ぐらいは刑務所にぶちこめるわ」

涼子の声はうれしそうだ。黄金の大鉱脈《だいこうみゃく》を発見した鉱山技師というところである。

「二万四〇〇〇年という数字は不マジメだけど、たしかに疑惑まみれの人間だらけね」

めずらしく由紀子が同意した。

「泉田クン、よくあいつらの顔をおぼえとくのよ。時期が来たら、のきなみ『容疑者』とか『被告』とか呼ばれるようになる人材ばかりだからね。警視総監賞の賞状と金一封がうじゃうじゃ歩いていると思いなさい」

涼子が私をけしかける。もしかして、はげましてくれているのだろうか。私が「人材」たちの顔を見わけようとしたとき、

「百目鬼《どめき》燦《あきら》よ」

低い声で、由紀子が私たちに注意をうながした。私は由紀子の視線を追った。紫色の、インド風だかギリシア風だかよくわからない長衣をまとった百目鬼は、われらが国家公安委員長のていねいなあいさつを受けているところだった。あたりまえのことだが、写真とおなじ容貌をしている。ただ、想像していたよりずっと体格がよい。国家公安委員長より頭をさげる角度が小さいあたりに、両者の力関係がうかがえた。

何千億円という血税を流用《りゅうよう》し、政府の施設を私物化して、東京の都心であやしげな実験をしている（と、涼子が決めつけている）男だ。すくなくとも、大胆さと狡猾《こうかつ》さにおいては非《ひ》凡《ぼん》というしかない。薬師寺涼子にはおよばないだろうが。

「なかなかのカンロクですね」

岸本がささやいた。涼子が冷笑した。

「インチキ宗教家ってのは何で紫色が好きなのかしらね。それも下品な紫色が」

「中神代議士もどこかにいるはずですが」

私がいうと、由紀子がかるくうなずいた。

「わたしもさがしているんだけど、見あたらないの。遅れて来るのかもしれない。来ることはたしかでしょうけど」

それにしても有翼人はこの建物のどこにいるのだろう。

「地下二階」と涼子はいった。それは単なる比喩《ひゆ》とはいえないだろう。都心に秘密の実験所を建てるとしても、実験それ自体を見せびらかしたいわけではないから、もっとも重要な設備は地下につくるのが合理的というものだ。

ただ、有翼人が二度にわたって「万魔殿《パンデモニウム》」の外にあらわれた点からして、出入口が建物のなかにあるとはかぎらない。地下一階から直接、地下二階へ行けるとはかぎらないのだ。とはいえ、順序としてはまず地下一階を調べてみるべきである。私たちは何くわぬ表情《かお》で、さきほど確認した平面図を思いおこしながら、地下への階段ないしエレベーターをさがした。

すぐに広い階段が見つかった。しきつめられた深紅の絨毯《じゆうたん》は、いかにも高価そうだった。私だって納税者《のうぜいしゃ》のハシクレである。私の給料から引かれた税が、こんなところに費《つか》われていると思うと、愉快ではない。

階段をおりると広いラウンジがあり、誰の趣味やら、ロココ調の椅子《いす》やテーブルが配置されている。天井には、ばかばかしいほど豪華なシャンデリア。ガラスの隔壁《かくへき》の向こうにインドアプールが見える。スポーツ競技用のものではないので、長方形ではなくヒョウタン形をしている。これまた広いプールサイドにはバーカウンターがあり、デッキチェアや熱帯樹の鉢《はち》がおかれていた。

「プールの水をぬくと、底に地下への出入口。そういう映画がありましたね」

岸本がいう。まさかとは思うが、他に情報があるわけでもないので、一同そろってプールサイドにはいってみた。

ラウンジの方角からは見えなかったが、古代ローマ風の大理石の女神像があり、左肩に壺《つぼ》をかかえている。壺の口はプールのほうを向いていた。

女性ふたりはプールのなかをのぞきこみ、男性ふたりはバーカウンターのなかを調べようとした、そのやさき。

不意《ふい》打《う》ちをくらった。

女神像のかかえていた壺から、いきおいよく水が噴き出したのだ。由紀子のものらしい小さな叫び声に、おどろいて振り向くと、警視庁ご自慢の女性キャリアふたりが、ずぶぬれになってプールサイドに立ちつくしている。涼子までが茫然《ボーゼン》としていた。

「何ごとですか……!?」

私がいったとたん、またしても女神の壺から水が噴き出して、ふたりの美女をぬらした。彼女たちがいなかったら、水は抛物線《ほうぶつせん》を描いてプールに落ちていたはずだ。

とりあえず私と岸本は飛び出して、涼子と由紀子をカウンターの近くに引っぱってきた。

その直後、女神の壺は三度めの水を噴き出した。

「もしや」と思って私は腕時計を見た。ちょうど六時だった。女神の壺はさらに三度、水を噴き出してとまった。大理石像は時の女神だったというわけだ。

とにかく、涼子と由紀子をヌレネズミのままにはしておけない。何か着るものをさがす必要があった。

IV

平面図の記憶といっても、細部《さいぶ》はいいかげんなものだったが、何とか目的地にたどりついた。「ドレスルーム」とドアに記された部屋だ。ドアの傍《そば》に小さな操作卓《コンソール》があって、暗証番号を押さないと開かないのだが、涼子はしなやかな指を四度動かして、「ひらけゴマ」ともいわずドアをあけてしまった。ハッカー行為の成果だろう。由紀子が無言だったのは、さすがに原則論をとなえている場合ではなかったからだ。

岸本をドアの外で見張りに立たせておいて、室内を物色《ぶっしょく》する。並んだロッカーのうち、鍵《かぎ》がかかってなかったのはふたつ。ひとつは空《から》で、もうひとつにはいっていた衣裳《いしょう》はというと。

それはミュージカルというよりラインダンス用の衣裳で、シルクハットに燕尾服《えんびふく》、レオタードに網《あみ》タイツ、白いベスト、ハイヒールにステッキに蝶《ちょう》ネクタイ……要するに、レオコン岸本が見たら鼻血を流して陶然《うっとり》と失神するようなセクシーなものであった。

白い頰《ほお》を染めて、室町由紀子が叫んだ。

「何これ⁉　こんなものを着ろっていうの⁉」

「うるさい女ね。ワガママいわずにさっさと着替えたらどうなのさ。時間がないんだから」

他人のワガママには非常にきびしい涼子なのであった。由紀子は質問の形で抗議した。

「他にもうすこし常識的な服はなかったの、その、品があって落ち着いてるようなのが」

「常識的な服じゃないの。袖《そで》が三本あったり、服地に鉄板が縫《ぬ》いこんだりしてあるわけじゃなし」

「あなたの比喩《ひゆ》は極端すぎるのよ!」

「いやならいいわよ、着なくても。エリート警察官僚が裸で人前に飛び出しても、そりゃあ個人の自由ってものだしね。でもまあ、ご自慢の令嬢がストリーキングで逮捕されたりしたら、室町《むろまち》一族の華麗なる家系図に泥がぬられることになるわよねえ、オーホホホ!」

私は断言する。現実とフィクションとを通じて、女性の名探偵が何人いるか知らないが、性格の悪さで薬師寺涼子にまさる者はいない。いるというなら誰だか教えてほしいものだ。

それにしても、これではいつまでたっても埒《らち》があかない。

「早く着替えてください。私は後ろを向いてますから」

警戒のためにも、どのみちそうする必要があった。私はドアの横に立ち、細目にあけた隙間から外をうかがった。落ちつかなげに左右に首を振っている岸本の後姿が見えたが、こんなところまではいりこんでくる者も他にはいないようで、とりあえず襲撃されるおそれはないようだ。

何分たったか、背後から声がかかった。

「もういいわよ、泉田クン」

振り向くと、シルクハットをかぶり、ステッキをつき、燕尾服《えんびふく》に網タイツ姿の美女がふたり並んで立っていた。ひとりは平然と胸を張り、もうひとりは不本意そうに私から半ば視線をそらしているが、これは一〇〇万ドルぐらいの価値はある光景だった。

涼子の体形が圧倒的なほどゴージャスであることはわかりきっていたが、由紀子のほうもたいしたものだ。涼子より五センチほど低いが、女性としては長身で、すらりと均整のとれたプロポーションは人の目を惹《ひ》きつけるに充分である。いつもはかたくるしいほどノーマルなスーツ姿なので、由紀子にとって「非常識な」服を着ると、網タイツにつつまれた脚線美が、はっとするほど新鮮だった。

むろん、長々と見とれていたわけではない。第一そんな場合ではないし、第二に私は彼女たちの正体を知っているのだ。私は部屋の隅に厚地の紙袋がいくつかかさねてあるのを見つけた。よぶんな分を袋の底にしいて強化し、それをふたりに渡して、それぞれのぬれた服をつめこんでもらった。

「それじゃ行きましょう。こうなると財務省の若手官僚というわけにはいきませんからね。ショーに出演するダンサーとマネージャーということにしますが、ＯＫ？」

「ＯＫ、ＯＫ」

どうも涼子は変装《へんそう》自体を楽しんでいるフシがある。ひたすら沈黙してうつむきかげんの由紀子が、涼子に主導権をとられがちなのは、いたしかたないことだろう。

ドアの外で、岸本はハラハラしながら待っていたにちがいない。私たちが出ていくと「おそいですよ」と文句をつけようとして、表情が一変《いっぺん》した。鼻の下が三ミリばかりのびる。

「ううっ、警察官僚になってよかったあ」

岸本は感涙《かんるい》にむせばんばかりである。由紀子は頰を染めて困惑しているし、涼子は「見たけりゃどうぞ」といいたげに平然。どうも岸本を人類の男ではなく、そこらのネコとでも思っているらしい。で、私はどうなのだろう。

「でも、こうなるとデジタルカメラを持ってくるんだったなあ。お涼さまたちのアデスガタをぜひ記録しておきたかったですよ。今後、何かの機会に、上層部《おえらがた》がこういうコスプレをやる機会はないですかねえ、泉田サン」

私は返答しなかった。薬師寺涼子が警視総監になるというのはこわい話だが、警察の上層部《おえらがた》がそろって網タイツ姿になるというのは、こわいどころではなくブキミな悪夢である。網タイツ姿が似あう警察官僚など、薬師寺涼子と室町由紀子ぐらいのものだろう。そのことを、涼子はともかく、由紀子が自慢するとは思えないが。

「妄想もほどほどにしておけよ。ほんとに蹴り殺されるぞ」

涼子と由紀子のぬれた服がはいったふたつの紙袋を、私は岸本に押しつけた。どうせこい

つはアクションのときには役立たずなのだから、せめて荷物ぐらい管理してもらうとしよう。不平を鳴らすかと思ったが、

「へいへい、一生の思い出になります」

喜々《きき》として両手に持つ。こいつが将来、警察庁長官にでもなったら、回想録でも書きかねない。表現には充分、注意してもらいたいものだ。

私たちはふたたび館内をまわりはじめた。

網タイツの威力は絶大《ぜつだい》だった。すれちがう男たちは、ただひとりの例外もなく、涼子と由紀子の脚線美に視線を吸い寄せられている。これでは彼女たちの顔を見ても、「サングラスかメガネをかけた美人」という以上の記憶は残らないだろう。まして、私や岸本のようなオトモの男など、まるで眼中にないにちがいない。

「いやー、日本の女性も脚が長くなったもんだねえ。ショーが終わったら、記念撮影してくれんか」

と声をかける者までいる。顔に見おぼえがあった。もと総務省の官僚で、交通事故の遺児《いじ》のための育英《いくえい》財団をのっとって理事長になり、善意の寄付を何億円も横領《おうりょう》した男だ。

嫣然《エンゼン》とほほえんで、涼子は手を振ってみせる。

「ええ、手をつないで写真撮《と》りましょうね」

これは「手錠をかけてやるぞ」という意味なのだが、知る由《よし》もない男はだらしなく笑《え》みく

ずれて手を振り返す。その間、由紀子は不愉快そうによそを向いているが、それはそれでういういしい魅力を醸《かも》しだすらしく、男どもは粘《ねば》っこい視線を彼女に向けるのだった。

「あら、あんたたち、どこの人？」

とあるドアが開いて、若い女性が声をかけてきた。涼子や由紀子にはおよばないが、セミロングヘアのけっこうな美人である。開いたドアから何人かの女性の声が聞こえてきた。どうやら、ほんもののショーの出演者たちらしい。開いたドアは控室《ひかえしつ》のようだ。

六人ほどの女性は、八時からのショーにそなえて、これから着替え、メイクアップするのだという。人なつこい女性たちで、ちょっと話していったら、といわれ、私たちはサングラスをとって部屋にはいった。

「あたしたちの出番は一〇時からなの。まだ早いんだけど。あ、このふたりはマネージャーでね、気にしなくていいの、ロボットみたいなもんだから」

「そう。でもアナタたち、すごいわねー、綺麗《きれい》ねー、スーパーモデルみたい。アタシの人生で、こんな美人に会ったのはじめて。こっちの女《ひと》も」

涼子はもちろんだが、由紀子のような優等生でも、同性に容姿をほめられて悪い気はしないらしい。上品に微笑して、賞賛を受けいれた。

「ホントのこと遠慮なくいってもらってうれしいわ」

ぬけぬけと涼子がいうと、ダンサーたちは笑いながら、

「でも、こんなに綺麗なんだから、何もこんなことしなくても、もっといい仕事があるんじゃない？」

「こんなことって？」

由紀子が聞きとがめると、たくみに涼子がフォローした。自分たちはここで仕事するのは初めてなので、よければ教えてほしい、と。

ダンサーたちは口々に答えた。

「古くさい言いかただけど、お嫁にいけなくなるようなことさせられるんだものねえ。恋人がいたら絶対、話せないよね」

「たとえば、どんなこと？」

「たとえば……いやねえ、ちょっと口じゃいえないよね」

ダンサーたちはいささか調子はずれの笑声をあげたが、ひとりが丸めた衣裳《いしょう》のようなものを涼子に差し出した。

「これ何だと思う？」

「水着ね。ありふれたデザインだと思うけど……」

「紙でできてるのよ、これ」

「紙……」

「そうよ。それを着てプールでシンクロナイズド・スイミングやるのよ。三分後にどうなると思う？」

由紀子は絶句《ぜっく》した。涼子でさえ、さすがにあきれたようすで、紙の水着を手にして、「へえー」といったきりであった。

V

「タイハイのきわみだわ、何て不潔な、こりない男どもかしら」

ショーガールたちの控室を出て廊下を歩きながら、室町由紀子は憤慨《フンガイ》してやまなかった。

「泉田警部補もそう思うでしょ？　何を考えてるのか、恥ずかしくないのかしら」

「はあ……」

私の返答はみじかい。自称エリートどもの嗜好《しこう》ときたら、あきれるばかりに低俗《ていぞく》だが、聖人ならぬ身としては、まるきり否定してしまうのも不正直《フショウジキ》な気がする。やっぱり男というものはアホである。

「へえ、泉田サン、ひょっとしてそういうのに興味があるんですか」

岸本が妙な笑いかたをした。

「うるさいな、お前さんはどうなんだ」

「ボクは現実の女性には興味ありません」

きっぱり岸本はいった。ウソをつくな。こいつはついさっき「警察官僚になってよかったあ」とほざいたばかりである。もっとも、「ニワトリとキャリア官僚は三分前のことを忘れてしまう」と、国会での証人喚問《かんもん》のときなど評されているから、本人はウソをついているつもりはないかもしれない。

廊下を歩く人影がほとんどなくなった。六時三〇分をすぎて、懇話会《こんわかい》がはじまったのだろう。悪質な侵入者、つまり私たちにとってはつごうのよいことだった。本格的に「地下二階」への出入口を捜すため、奥へと足を向ける。

「おい、そこで何をしてるんだ」

いつかはかかるだろうと危惧《きぐ》していた声が、とうとうかかった。

いまさらおそいとは思ったが、私たちはあらためてサングラスをかけなおしてから声のする方向へ振り返った。私たちの背後、わずか三メートルの距離に男がいる。見おぼえのある顔が、こちらをにらんでいた。

「私は分室次長補佐の鍛治《かじ》だ」

やはり一昨日のあの男だった。あいかわらず権力機構の末端《まったん》にいる人物らしく、尊大《そんだい》で無礼な態度だ。

「どうもひっかかるな。おい、君、そのサングラスをとってみたまえ」

指を突きつけられたのは涼子である。

とっさに私が対応に迷っていると、涼子は高らかに笑いとばした。

「オホホホ、ヤボなお方。このサングラスは衣裳《いしょう》の一部ですもの。ステージの上と楽屋《がくや》でないかぎり、はずさないことになっておりますのよ」

鍛治は陰湿《いんしつ》な目つきで涼子をにらんだ。

「私がはずせといってるんだ。たかがショーダンサーのブンザイで、何をもったいぶってるのか知らんが、裸同然のかっこうしといて、サングラスをはずしたくないなんて言分《いいぶん》が通ると思っているのか」

「そいつはセクハラ発言じゃないでしょうか」

よけいなことを岸本がいったので、鍛治は振り向いて肩ごしににらみつけたが、ひややかな笑声を耳にして、顔をもどした。

「そんなに見たいの？　見たら後悔するにきまってるのにね」

サングラスをはずした涼子の顔を見て、鍛治は口を最大限に開いた。

「あっ、やっぱりお前は……！」

叫び終えることなく、鍛治は悶絶《モンゼツ》して床にころがった。涼子が網タイツにつつまれたみごとな脚をはねあげ、強烈にして正確無比な蹴りを鍛治の股間《こかん》にたたきこんだのだ。私の知るかぎり、この蹴りをかわしえた男は、これまで地上に存在しない。これからもいないだろう、当分は。

悶絶した鍛治の身体を、涼子が踏《ふ》んづけた。

「何してるんですか」

「だってまだトドメを刺《さ》してないもの」

私は思わず左手で髪をかきむしった。

「トドメを刺してどうするんです。ほんとに死んじまったらいくら何でもまずいですよ」

「だって警察官がやったことだとばれたらヤバいじゃない」

「誰もあなたが警察官だなんて思いませんってば」

「何いってるの、あたしは世界一美しい警察官よ！」

それはまあ認めてもいいが、なぜこうも話がずれるのだろう。

「この人はどこかに閉じこめておいて、はやいこと移動しましょう。誰か来たらまずいことになるわ」

由紀子が提案した。冷静そうに見えるが、彼女なりに気分が昂《たか》ぶっているにちがいない。いつもの彼女であったら、こんなあらっぽい提案はしないだろう。

「おや、あんたもようやく現実的な提案ができるようになったじゃない。感心、感心」

えらそうにいうと、涼子は周囲を見まわした。やおら指さしたのは、「ダストルーム」と記されたドアである。

悶絶したままの鍛治の身体に、私は手をかけた。両足首をつかんで廊下をひきずる。鍛治は顔を紫色にして白眼をむき、よだれをたらしているが、心臓の鼓動《こどう》には変調《へんちょう》がないから生命に別状《べつじょう》はないだろう。

ダストルーム内には、大きなプラスチック製のゴミ箱がいくつかあった。そのなかのひとつに鍛治を押しこみ、他のゴミ箱からゴミのはいった袋を持ってきて上にかぶせ、運の悪いお役人の姿を隠した。これでよし、と思ったとき、

「そこにいるのは誰だ、何をしている⁉」

あらっぽい誰何《すいか》が三重唱《さんじゆうしょう》で聞こえた。ダストルームの入口に、警棒《けいぼう》をかまえた黒い影が三つ、ひしめいている。

「また来たの。来なくてもいいのに。まあ来たからにはしょうがない、口ふさぎしましょ」

「楽しんでるなあ、この女《ひと》は」

私はあきれたが、同時に感心もした。薬師寺涼子にとっては、どんな危険も、どのような窮地《きゅうち》も、心のはずむエンターテインメントにすぎないのかもしれない。すくなくとも、私なんかよりはるかに度胸《どきょう》がすわっている。

涼子と私は、それぞれ敵をむかえうった。遠慮などしている場合ではない。ガードマンの振りおろす警棒をバックステップしてかわすと、私は左手の手刀を相手の右手首に打ちおろし、右肘《ひじ》をしたたか胃に打ちこんだ。うめいて身体をふたつに折る。床に落ちた警棒をすくいあげると、加減《かげん》して後頭部に一発くらわせた。

涼子もステッキの一撃で、たちまち敵を床にはわせている。

三人めのガードマンが大声をあげながら逃げ出した。私たちもダストルームから廊下へ飛び出し、ガードマンと反対の方角へ走った。

一〇歩ほど走ったところで、由紀子がころんだ。左の足からハイヒールが飛ぶ。床に半身をおこした由紀子が眉をひそめながら左の足首をかかえてうめいた。

「……くじいたわ」

「このどじ！　まぬけ！」

一片《いっぺん》の同情も示さずに涼子が決めつけると、苦痛をこらえながら由紀子が反撃した。

「しかたないでしょ！　ハイヒールをはいて全力疾走できる女なんて、日本中であなたぐらいのものよ！」

「ええ、そのとおり、日本中であたしだけよ。くやしかったらマネしてごらん」

いばっている場合ではない。敵は人数をふやして追ってくるだろうし、足首をくじいた由紀子を置き去りにはできない。私は由紀子の左腕をとって自分の肩にかけた。

「立てますか、室町警視？」

「ありがとう……」

「ちょっと、泉田クン、なに甘やかしてるの!?　自力で立たせなさい。こういう女は甘やかすとつけあがるのよ！」

「あなたみたいにですか」

とは私はいわなかった。涼子の場合は、甘やかさなくともすでに充分つけあがっているからである。

私の肩につかまって、どうにか由紀子は立ちあがったが、けんめいに苦痛をこらえている。走るどころか歩くことさえ無理だ。私は意を決した。

「失礼します」

いうと同時に由紀子の両脚をすくいあげ、身体を右肩にかつぎあげた。由紀子は無言だったが、落ち着いていたからではなく、動転《どうてん》していたからであろう。涼子もとっさに声が出なかったようで、どうやら私はこの非常識な上司《じょうし》を茫然とさせることに成功したようであった。われながら近来《きんらい》まれな偉業《いぎょう》というべきである。

「行きますよ、薬師寺警視！」

いうなり私は走り出した。むろん、人ひとりかついでいるからスピードは知れている。

ちらりと振り向くと、涼子は、床にころげおちた由紀子のシルクハットを岸本の頭にのせ、自分は二本のステッキをかかえて走り出したところだった。岸本も両手に紙袋を持ってあたふたと走り出している。

「ま、待ってくださいよお。置いていかないでください。ボクつかまったら全部しゃべっちゃいますからね！」

語尾《ごび》はべつの音にかき消された。背後から一〇人以上の足音と、「待てえ!」の大合唱がせまってくる。

第六章　上を下への遁走曲《フーガ》

I

第一日。ホテル・エンプレスの中庭に、空から死体が降ってきた。有翼人《ゆうよくじん》が「万魔殿《パンデモニウム》」こと財務省三田分室に逃げこんだ。

第二日。私は兵頭《ひょうどう》警視およびジャッキー若林と、不本意ながら知りあいになった。夜、銀座に有翼人が出現した。

第三日。昼すぎにお涼・お由紀同盟が成立。午後六時を期《き》して「万魔殿《パンデモニウム》」へ出撃。

第四日。これはあるかどうかわからない。薬師寺涼子《やくしじりょうこ》が高笑いしながら祝杯をあげるか、ふてくされた表情《かお》で辞表を書くか。どちらにしても生きていればの話だ。

私たち四人は地上への階段を駆けあがった。

といいたいところだが、何しろ私は室町由紀子《むろまちゆきこ》を肩にかついでいたので、上りきったときにはあわや足がもつれて、もろともに転倒しそうになった。涼子はいらだって、ハイヒールのかかとで床を蹴った。

「まったくもう、役立たずのせいで、このままじゃ泉田クンまで戦力にならなくなっちゃう」

「もう追いつかれますよ、どうしましょう」

両手の紙袋を、岸本が振りまわす。

「そんなことといってるヒマがあったら、実力でやつらをくいとめなさいよ！」

「ひぇー、お赦《ゆる》しを。とうていボクにはつとまりませんです」

「いまさら何をいってるの。さっきいったでしょうが、『警察官僚になってよかったあ、もう死んでも悔《く》いはない』って」

「後半はいってません、いってません」

「チェッ、上司《じょうし》が上司なら部下も部下。こんな役立たずのコンビと組むんじゃなかった」

すると、私の肩の上で、由紀子が声を出した。落ちかかるメガネをおさえながら、

「そこのドアからギャラリーにはいるのよ。どうするべきか、お涼、あなたならわかるでしょ」

ここに来る前に、由紀子は涼子よりよほどマジメに平面図を見ていたのだ。

「なるほど、前言撤回《ぜんげんてっかい》。ちょっとだけ役に立つわね」

私たちがギャラリーに乱入《らんにゅう》すると、ドアに近い机に向かって資料らしいカード類を整理していた白髪の老人が、おどろいて立ちあがった。私はドアを足で閉め、壁ぎわのソファーの上に由紀子をおろした。ついで「失礼」の一言を老人に投げかけ、机を押してドアを内側からふさいだ。

その間に涼子は陳列棚のひとつをあけ、なかにあった壺《つぼ》をとり出した。

その壺は高さが三〇センチから三五センチというところだろうか。白地に紅《あか》く唐草紋様《からくさもんよう》を透《す》かし彫《ぼ》りしてある。何とも優美で絶妙《ぜつみょう》のカーブを持ち、おさえた照明を受けてつややかな光沢《こうたく》を見せていた。美術や骨董《こっとう》にまるで弱い私だが、それがよほどの逸品《いっぴん》であることはわかる。

その逸品を、涼子は無造作《むぞうさ》に左手でつかむと、頭上に振りあげたのだ。右手にはステッキの一本を剣のようにかまえている。もう一本は彼女の足もとに落ちていた。

「や、やめんか、やめろ！」

白髪の老人が悲鳴をあげた。

「それがどれほど価値のあるものか、わかっておるのか⁉　お前なんぞの想像もつかないくらい貴重なものなんじゃぞ」

涼子は平然として老人を見返し、よどみない口調で答えた。

「元《げん》の青花釉裏紅大壺《せいかゆうりこうたいこ》。一四世紀前半のものらしいわね。こんなたいそうなもの、財務省の役人なんかに独占させておくべきじゃないわ。博物館で国民みんなに公開すべきものでしょ」

左手首をひょいとひるがえす。

「泉田クン、これ持ってて」

悲鳴がとどろいた。白髪の老人が、最初のものとはくらべものにならないほど大きな悲鳴をあげたのだ。

飛んできた壺を、私はあわてて胸もとで受けとめた。両手が自由だったのでできたことだ。

「バ、バチあたりめ。バチあたりめ！」

老人は逆上し、泡を吹いた。

「それは世界に三つしか存在しない人類の至宝《しほう》じゃぞ！　芸術品をとうとぶ気持がないのか、こ、この不逞《ふてい》な小娘めが」

「どんな芸術品だろうと、あたしの生命には代えられないわよ。危害《きがい》を加えようとしたら、この壺をたたきこわすからね！」

壺をかかえなおしながら、私は、気になっていたことを尋《たず》ねた。

「いくらぐらいするものなんです？」

「そうね、三〇億円ってところかしら」

それは私が予測していた金額の一〇倍だった。壺をとり落としこそしなかったが、私は鳥《とり》肌《はだ》がたつ思いだった。室町由紀子は予測していたのか、落ちついて三〇億円の壺を見つめている。岸本が変に安堵《あんど》したような顔つきなのは、自分が壺を持たされなくてよかった、と思っているのだろう。

老人は怒りと不安で全身を慄《ふる》わせた。

ドアが外から激しくたたかれた。ドアをふさいでいた机が揺れる。私ひとりで動かせたていどの机だから、鉄壁《てっぺき》の守りとはいえない。

「あけろ、おい！　室内《なか》にいるんだろ！」

「……何の用かね」

答えたのは老人だ。涼子をにらむ目つきにふさわしく、不機嫌《ふきげん》きわまる声だった。

「そこにあやしいやつらが逃げこんだはずだ。たしかめるからあけろ！」

「ここはギャラリーだ。国立博物館にだってないような貴重品がいくつも飾ってある。乱暴なマネをするような人、いれるわけにはいかんね」

「何だと、ふざけるな、お前は誰だ」

「私はギャラリーの管理人だよ。ちゃんと博物館学芸員の資格も持っとるし、この三月までは短大で美術史を教えてた」

「誰も経歴《ケイレキ》なんぞきいちゃいない。さっさとドアをあけろ。でないとたたきこわしてはいるぞ！」

老人が答えるよりはやく、よくとおるさえざえとした声がひびきわたった。

「三〇億円の壺をたたきこわしてもいいのかな？　あんたたちの責任になるわよ」

ドアの外の怒声《どせい》がぴたりとやんだ。私もそうだったが、金額にドギモをぬかれたらしい。

彼らが一瞬、思考停止《しこうていし》におちいった隙《すき》を、涼子はたくみについた。

「あたしたちは、あんたらの教祖さま、つまり百目鬼《どめき》先生に用があってやってきたのよ。それなのに、あたしたちを百目鬼先生に会わせたくないと考えるやつが妨害したから、しかたなく一時ここに避難したの。精神エネルギー工学研究所の存亡《そんぼう》にかかわる用なんだから、あたしたちを百目鬼先生のところへ案内しなさい！」

私は感心してしまった。涼子は外交官としても成功するだろう。ハッタリの達人なのだ。

室外の沈黙を無視して、涼子はソファーに歩みより、由紀子にステッキを差し出した。

「ほら、立ちなさいよ。ステッキがあったら何とか歩けるでしょ。わざわざ持ってきてやったんだからね」

由紀子は礼儀を守って「ありがとう」といい、かるく困惑の表情を浮かべた。

「ハイヒールがかたっぽないわ」

「あらあら、とんだシンデレラね。いまごろ王子さまがさがしてるかも」

それ以上ライバルに親切にする気はないらしく、涼子は私をかえりみた。

「さてと、今日ここまでで、つかまったら前科何犯になるかしらね」

「まず氏名詐称《さしょう》、つぎに建造物《けんぞうぶつ》侵入、衣服の無断借用《むだんしゃくよう》。ガードマンをなぐり倒したのは、傷害と公務員特別暴行陵辱《りょうじょく》。鍛治《かじ》とかいうお役人をゴミ箱に押しこんだのは拉致《らち》監禁。トドメを刺そうとしたのは殺人未遂《みすい》……ま、そんなところですか」

「ふーむ、ひょっとしたら懲戒免職《ちょうかいめんしょく》になるかもしれないわね」

「ひょっとしなくても、なりますよ」

「まずいわね、警察権力を濫用《らんよう》できなくなっちゃう」

「濫用というより悪用でしょ」

私の訂正を無視して、涼子はひとりうなずいた。

「よし、ここまで来たら大洪水をおこして、何もかも濁流《だくりゅう》で押し流してしまうしかない。中《なか》神《がみ》や百目鬼の悪業をあばいて、あとのことはウヤムヤにしてしまうのよ。戦場での殺人事件が問題にならないのとおなじだわ」

とんでもない比喩《ひゆ》である。岸本までが口を開閉《かいへい》させて何かいいたそうだった。涼子は岸本の上司である由紀子に視線を投げた。

「勝てば官軍よ！　モンクある⁉」

モンクあるにちがいないが、由紀子は反論しない。実際ここまで来ると、他に方法はないように私にも思われた。

ようやくドアの外で相談がまとまったようだ。

「かたじけなくも、百目鬼大先生が、お前らに会うとおおせあそばす。危害は加えないから出てこい」

「出てこいとは何よ。お出ましください、でしょ」

涼子はふんぞりかえり、岸本に、ドアの前の机をどけるよう命じた。

「出ていけ、二度と来るな!」

老人が叫んだ。そういわれるのは当然のことなので、誰も反論しなかった。

II

時価三〇億円という「壺質《つぼじち》」があるので、ガードマンたちは手を出せず、私たちをかこんで不愉快そうに歩いていく。

「三〇億円だろうと一〇〇億円だろうと、どんな宝物でも精神的な価値に代えてはいけない。そう教えるのが宗教じゃないのかしらね」

涼子がニクマレ口をたたく。三〇億円の壺のおかげで安全をたもっているくせに、バチあたりな発言だ。

三〇人は乗れる広いエレベーターに、「ドラよけお涼とその一味」四人、案内のガードマン四人が乗って、最上階に上った。ドアが開くと、一段と宮殿まがいの装飾《そうしょく》をほどこしたホールがあり、正面に廊下がのびている。

室町由紀子はハイヒールをぬぎすてて網タイツはだしになり、ステッキをついていた。くじいた左足首が痛いのだろう、ときおり柳眉《りゅうび》をひそめるのが気の毒だ。それでも泣言《なきごと》をいわずについてくるのが、いかにも由紀子らしいがんばり屋さんぶりだった。

「だいじょうぶですか？　歩けないようだったら、いってくださいよ」

私が声をかけると、由紀子は何とか笑顔をつくってみせた。

「心配しないで。ステッキがあるから楽に歩けるわ」

「ちょっと、泉田クン」

とがった声は、わが上司どのだ。

「さっきもいったでしょ、だめよ、甘やかしちゃ」

「ケガをしてるのに、りっぱじゃないですか」

「りっぱなのはあたしよ。お由紀とおなじことしてケガひとつしないんだから。すこしはあたしをほめなさいよ」

そういう彼女の燕尾服《えんびふく》の内側に、あるものを見つけて、私はささやいた。

「拳銃を持ってきたんですか」

涼子もさすがに声をひそめる。

「あたりまえでしょ。あたしが拳銃を持ってないのは、アーサー王が宝剣エクスカリバーを持ってないようなものよ」

アーサー王も浮かばれないな。そう思ったが、こんな場合に武器があるのはありがたいことだった。それとも、よけいに危険なことだろうか。

「いや、これ以上に危険になりようがないな」

「何をひとりごといってるの?」

「いえ、ほら、目的地に着いたみたいですよ」

両開きの大きなドアの左右に、合計六人のガードマンが立って、害意《がいい》にみちた視線を私たちにそそいでいた。ドアをすこし開いて、ひとりが室内に何やら報告する。あらためてドアが大きく開かれ、私たちは室内に踏みこんだ。

それは広くて居心地《いごこち》のよさそうな部屋だった。それでも私はうんざりした。暖炉には黄金色の炎がゆれ、マホガニーのテーブルにはブランデーグラスがおかれている。これで黒猫がいれば、私のアンチョクな想像がすべて的中していることになる。

古風だがいかにも高価そうな安楽椅子《あんらくいす》に、ふたりの男が腰をおろしていた。スーツを着た中神代議士と、紫衣《しい》をまとった百目鬼《どめき》教祖だ。

椅子にすわっているのはふたりだけだが、床の上にすわっているのが七人いた。いずれも若い女性で、服装は涼子や由紀子に似ている。シルクハットはかぶっておらず、長いウサギの耳をつけており、燕尾服も着ていなかった。バニーガール・スタイルである。見おぼえのある顔はいなかったから、先ほど控室《ひかえしつ》にいた女性たちとはべつのグループらしい。涼子と由紀子を見る中神と百目鬼の目つきは、かなり正直だった。「スケベ」という言葉を絵にするとこうなるだろう。もっとも、いまの涼子と由紀子を見て何も反応しないとしたら、生物のオスとして変だろうが。

涼子のほうはというと、最初から本性があらわれているから、隠すも何もない。初対面だとその美貌にダマされる男はいくらでもいるが、これは男のほうがダマされたがっているのだから、しかたないことだろう。

「さがってなさい」

中神に手を振られて、七人のバニーガールは、不平とも安堵《あんど》ともつかぬざわめきをたてて立ちあがった。涼子と由紀子を同性として値ぶみするようすだったが、「負けた」という表情でドアから出ていく。

「さてと、君たちを呼んだおぼえはないが、歓迎するよ。ナポレオンでもどうかね」

中神の宥和《ゆうわ》政策を、涼子は鼻先で蹴ちらした。

「けっこうよ、こちらこそ歓迎してもらうおぼえはないから。どうせそのナポレオンだって、国民の血税《ケツゼイ》を流用して買ったんでしょ。公金横領《こうきんおうりよう》の共犯にしないでよね。西太平洋石油《ニシタ》開発《イ》の二〇〇〇億円で何を買いまくったんだか」

「たかが二〇〇億円がどうしたというのかね」

中神代議士は腹の前で手の指を組んだ。

「私が動かす金額は一〇〇兆円だ。銀行の不良債権《さいけん》を処理するために公的資金をつぎこむのも、消費税を引きあげるのも、公共事業に国家予算を投入《とうにゅう》するのも、すべて私の思いのままだ。私のサジかげんひとつで、銀行はつぶれ、土建《どけん》会社が倒産し、能も根性もないクズどもが一家心中する」

今度は脚を組みかえて、彼は演説をつづけた。

「わかるかね？　私はこの手に一億人以上の運命をにぎっとるんだ。スケールの大きな人間に対しては、それにふさわしい話題を出してほしいな」

「それがどうしたのさ。あんたのちっぽけな運命は、あたしがにぎってるのよ」

涼子は「ミス・ウォーキング・ワガママ」だが、礼儀を知らない女性ではない。年齢も地位も上の相手に、最初から無礼な口をたたいているのは、礼儀を守るに値《あたい》しない、と判断してのことだった。正しい判断だ、と私も思う。

「この建物には、死体とその生産者がうじゃうじゃいるのはわかってるの。捜査させなさい」

「何も出てこなかったら、誰がどう責任をとるのかな」

中神がすごんだ。

「小学生じゃあるまいし、ごめんなさいじゃすまんぞ。この中神真悟《しんご》の名誉を傷つけたのだからな。罪の大きさに似あうだけの罰を受けてもらうぞ」

この男は口をきかないほうがいい。ひとことというたびに、安っぽい本性がむきだされてくる。沈黙をつづけている百目鬼のほうが、まだ大物らしかった。

「そうね、そのときには、この娘《こ》がレオタードをぬいでおわびするわ」

指さされた室町由紀子は、足が痛いだろうに、文字どおりとびあがった。

「ちょっとお涼！　何てことを……」

「むきになりなさんなって。何も出てこないわけないんだから。場をなごませるための冗談に決まってるでしょ」

なごむどころか、場の空気はさらに険悪化《けんあくか》した。

「昨夜、銀座で五人の暴漢《ぼうかん》にあたしたちをおそわせたのは、あんたのサシガネね、中神代議士」

「…………」

「何もったいぶってんの！　返事おし！」

ナサケヨウシャとかジヒノココロなどという甘美《かんび》な言葉と、まったく縁のない涼子である。いきなり右手を伸ばすと、中神の鼻をつかんだ。半ばねじるように、力いっぱい引っぱる。

「ふあいははは……！」

なさけない悲鳴をあげて、中神は腰を浮かした。つりあげられる形である。六〇年以上生きてきて、これほどの屈辱ははじめてだろう。何でも、幼稚園にはいって以来、神童《しんどう》・秀才のホマレ高く、ほめられたことはあっても叱《しか》られたことは一度もないそうだから。

「おやめなさい！　かりにも相手は日本を代表する政治家よ」

由紀子が良識人《りょうしきじん》らしく諫《いさ》めると、涼子は白眼でライバルをひとにらみした。

「フン、日本の何を代表してるんだか」

それでもいちおう手を放したので、中神は鼻をおさえながら椅子にへたりこんだ。

III

中神の醜態《しゅうたい》を見ながら、百目鬼は薄笑いを浮かべていた。深い友情にささえられた仲でもなさそうだ。内心で軽蔑しつつ利用しあっている、というところだろう。やおら口を開く。なかなかしぶいバリトンだった。

「大胆《だいたん》きわまるお嬢さんだ。なかなかみどころがある。私たちがこの建物を本拠地として何をしようとしているか、ひとつ私の口からゆっくり説明させてもらおうかね」

「必要ないわ」

即答《そくとう》されて、百目鬼はめんくらったように涼子を見なおした。

「……ちょっと待て、君は我々の目的を知りたくないというのか」

「べつに」

涼子は冷淡に答え、百目鬼はさらに当惑《とうわく》したようすで、二度せきばらいした。

「ではいったい何のために我々のことを調べまわっているのだ。我々がここ一〇年で二〇〇〇億の資金を使って何をしているか知りたくないという。こちらこそ君の目的を知りたくなるね」

「あんたたちを再起不能《さいきふのう》なまでに痛めつけてやること。あたしがやりたいのはそれだけよ。あんたたちが何を望み、何をたくらんでいようと、あたしの知ったことじゃないわね」

いまさら涼子の言動《げんどう》にいちいちおどろいてはいられない。それにしても、名探偵というものはだいたい、「私の目的は犯人を罰することではない、真実を知ることだ」というものだ。涼子は名探偵ではない、といってしまえばそれまでだが。

由紀子が無言で肩をすくめるのを、私は見た。

「世の中には信じられない偽善者どもがいてさ、大量殺人犯の心情《しんじょう》を理解してやらねばならない、なんていうのよね。そいつらが自分の正しさを確信しているなら、アウシュビッツで殺されたユダヤ人の遺族にお説教してやればいい。『お前たちはアドルフ・ヒットラーの心情を理解してやるべきだ』ってね。できたとしたら、えらいものだけど」

涼子は、雄弁《ゆうべん》を中断すると、左手のステッキをあげて百目鬼を指《さ》し、中神を指した。

「あたしはあんたたちを理解するつもりなんて、これっぽっちもないし、あんたたちに理解してもらうのもまっぴら！　あたしとあんたたちは相容《あいい》れないの。あたしに消えるつもりはないから、あんたたちに消えてもらうしかないわね」

中神と百目鬼はしばらく動かなかった。

犯罪が立証《りっしょう》される前に判決を下されたようなものだ。涼子の言動は暴挙《ボウキョ》というしかないが、それだけに中神たちに大きなショックを与えた。

「お、おれは三度も大臣をつとめた大物だぞ。そのおれに消えてもらうだと。そんなことをして、事後《じご》処理をどうする気だ」

「あら、よけいな心配しなくてけっこう。兇器をこのインチキ教祖の手ににぎらせておくから。ふたりで仲間割れして殺しあいになった、というスジガキになるわけよ」

「な、何という悪辣《あくらつ》な女だ。こんなやつに警察権力を好きかってにさせておいていいのか。この世はヤミじゃないか」

まったく同感である。だが、ペーパーテストの成績がよいというだけの理由で、キャリア官僚に絶大《ぜつだい》な権限をふるわせるような社会システムをつくったのは政治家たちだろう。キャリア制度なんか廃止すればいい。そうすればいくら「ドラよけお涼」だっていまごろせいぜい警部補だ。ま、どうせアクラツな警部補ぶりを発揮《はっき》しているにちがいないが。

中神と百目鬼をまず口先でたたきのめしておいてから、涼子は一歩しりぞき、私のコートの袖を引っぱってささやきかけた。

「泉田クン、このふたりをどう思う？」

「俗物《ぞくぶつ》ですね」

「泉田クンにとって俗物の定義《ていぎ》は？」

「うーん、そうだな、金銭《かね》と権力で手にいれることのできるものを節操《セツソウ》なくほしがる、そんなところですか」

「まあまあね」

「で、このふたりは事件の主犯じゃないとお考えなんですか」

「さすがはあたしの参謀長。そういう気がしてるのよ。こんな俗物ども、血税を横領しておゲレツな遊びをするくらいがせいぜいで、人外《じんがい》の怪生物をあやつることなんてできるわけないわ」

「じゃ、見逃《みのが》しますか」

「まさか。こいつらを痛めつけて、真のボスがどこにいるか聞き出すに決まってるじゃない」

「わかりました。ところで、もう壺を置いていいでしょうか」

「いいわよ」

私は時価三〇億円の壺をそっと部屋のすみに置いた。それと同時だった。

「阿羅《あら》、岩井《いわい》、占部《うらべ》、江本《えもと》、大原《おおはら》！」

インターコムに向けて、中神代議士がどなったのだ。

「何のために、お前らをこれまで飼ってやってきたと思っとるんだ。ここにいる四人のピエロをさっさと処理しろ。死体のことは心配せんでいい」

最後の一言は、私たちを脅《おど》すためにいったのだろう。効果はあって、岸本が「そんなあ」と、なさけない悲鳴を洩《も》らした。

「こ、ここには警視庁づとめのキャリアが三人もいるんですよ。それをまとめて殺したりしたら、警察全体の損失ですよ！」

「お前さんの本心がよくわかったよ」

意地わるく私は口をはさんだ。

「おれひとりはキャリアじゃないから、死んでも損失じゃないっていいたいんだな」

「そ、そんなつもりでいったんじゃありませんよ。こんなところで内輪《うちわ》もめはよしましょう」

「そうよ、泉田クン。いざとなったらまず岸本から犠牲にするんだから、岸本のタワゴトなんか気にしないで」

涼子の言葉で、岸本はさらにうろたえた。

「ひえー、それはあんまりです。どうかお助けください。室町警視、何とかいってくださいよ」

「岸本警部補の発言はあまりにも軽率《けいそつ》、不見識《ふけんしき》だとわたしも思います。キャリアだけで警察の仕事ができると思うの？　将来の、部下に対する態度が心配だわ」

「反省します、反省します。それより、ほら、日本刀をかまえたやつらが乱入してきますよお」

半泣きの岸本が実況《じっきょう》放送するとおりだった。ドアが開くと、五本の白刃《はくじん》が灯火を受けて虹色にきらめいた。ガードマンの制服ではなく、カーキ色の戦闘服を着た男たちだ。額《ひたい》にはハチマキをしめている。そろいもそろって、狂犬のような顔つきをしていた。

「かまわん、殺せ！」

中神がわめくと、それを聞いた男たちが歯をむき出して「おおっ」と咆《ほ》えた。涼子が邪悪《じゃあく》な笑《え》みをひらめかせる。

「聞いたわよね、泉田クン」

「聞きました」

「中神真悟！　殺人教唆《きょうさ》の現行犯で逮捕する！」

ステッキの尖端《せんたん》を向けられると、中神代議士はうろたえた声をあげ、男たちがはいってきたドアから外へ飛び出していった。あたふたと、百目鬼がそれにつづいた。

五人の兇漢《きょうかん》がドアをふさぐ形で私たちをはばんだ。涼子がステッキをかまえ、私は暖炉の火かき棒を手にした。

人というより猿《さる》のような叫喚《きょうかん》をあげて、まずふたりの男がおそいかかってくる。涼子も私も容赦しなかった。ひとりは涼子に口を突かれ、折れた歯を宙にまいて横転《おうてん》する。ひとりは火かき棒で胴をはらわれ、頭から床に倒れこんだ。残る三人がひるみを見せた。

彼らにしてみれば、足をひきずってステッキをついている由紀子が与《くみ》しやすく見えたにちがいない。人質にとれるとも思っただろう。日本刀を振りかざした三人が、怒号《どごう》をあげて由紀子に駆け寄った。

由紀子が片ひざを床につく。私ははっとしたが、つぎの瞬間、三人の男はもんどりうって床にころがっていた。由紀子がするどくステッキを水平にひらめかせ、三人の脚を薙《な》ぎはらったのだ。

「わたしだって剣道三段よ。お涼や泉田警部補とちがって、まじめに昇段試験《しょうだん》を受けてますからね」

ふたたびステッキにすがって由紀子が立ちあがり、私に笑いかけた。私はかるく頭をさげた。

「おそれいりました」

三人の男は、ひざやスネをかかえこみ、苦痛のうめきをあげながら床の上でもがいている。同情の必要はなかった。

「これでやつらは罪を自白したことになるわよね。警視総監直属《ちょくぞく》の非科学犯罪捜査室長たるこのあたしが、中神も百目鬼もかならずマッサツしてやるから」

「何ですか、その肩書《カタガキ》は⁉」

「総監直属というのがいいでしょ。これだと上司は総監ひとりだしね」

「どうせなら、あなたが総監になればいいじゃありませんか」

これは皮肉だが、いっこうに効果がなかった。

「あら、ひとりぐらいは上司も必要よ。あたしのやることに責任をとってもらわなきゃならないしね」

IV

中神と百目鬼を追って、私たちは廊下に出た。ガードマンたちの姿が見えないのに、かえって用心しながらつぎの部屋にはいってみると、かなり広いパーティールームだった。準備がととのって開宴《かいえん》を待つばかり、というようすである。いくつものテーブルに料理がのっている。

こんな場合だが、私は空腹をおぼえた。私は昨日も今日も、夕食《ばんめし》どきにアクションするはめになったのだ。めぐりあわせとはいえ、不本意《ふほんい》であった。

それにしても、この建物でおこなわれていたのが、色欲と食欲、それにおそらく権力欲を満たすための俗事《ぞくじ》であったことがよくわかる。

ならんでいる料理は、ローストビーフ、キャビア、ウニと大トロの鮨《すし》、伊勢《いせ》エビ、松茸《まつたけ》のホイル焼き……誰が見ても値段が高いということだけはわかるものばかりだった。

涼子がエンリョなく手を伸ばし、カナッペをひとつ口に放りこんだ。

「前科一犯追加《ついか》。食い逃げですよ」

「逃げたりしないわよ。みんなもつまんだらどう。どんな戦いをするにも、補給は不可欠《ふかけつ》だもの」

えらく行儀《ぎょうぎ》が悪いのに、つまみぐいしてさえ涼子は妙にサッソウとしている。そのカッコよさが曲物《くせもの》だとわかっているのだが。

「それじゃエンリョなく」

何が「それじゃ」だかわからないが、岸本がデザートのテーブルにとりついて、小皿にエクレアとブルーベリーパイをのせた。うれしそうにかぶりつきかけて、表情と動作が凍りつく。わざとらしくドアを閉める音がして、はいってきた人影があるのだ。

「……兵頭《ひょうどう》警視!」

イヤなときイヤな場所でイヤなやつに出会ってしまった。

兵頭の口の左端があがり、右端がさがった。どうやら嘲笑《ちょうしょう》したようである。右手に拳銃をにぎっていた。左手にはガードマンのものらしい警棒がある。

「何だ、きさまら、そのかっこうは。ドサまわりのショーダンサーとマネージャーか」

「ブロードウェイよ」

涼子が言い返した。

「これだけの脚線美の持ちぬし、ニューヨークにだってめったにいないわよ。そのていどの鑑定《かんてい》力もないの?」

涼子はつねに自己主張を忘れない女性である。

「なぜあんたがこんなところにいるんだ」

私が問うと、兵頭が両眼をぎらつかせた。

「警部補のブンザイで、なまいきな口をきくな!」

「そちらこそ、えらそうな口をきくんじゃないわよ。どうせ中神や百目鬼にオコヅカイをもらって、番犬をやってるんでしょ」

涼子が決めつける。

「トラブルシューターといってもらおうか。つねに最善の方法で、しかもてっとりばやくジヤマ者を処理するのが、おれの信用のもとだ。今日も例外じゃない」

「我々を殺して口封じをする気か」

「不粋《ブスイ》ないいかたをするな。二階級特進《とくしん》させてやろうというんだ。殉職《じゅんしょく》して、泉田警視さまだ」

毒針をふくむ視線が涼子に向けられた。

「その小娘は警視長《けいしちょう》。ふん、気にいらんがまあしかたない。もうひとりダンサーがいるはずだが、どこに行った？」

そういわれて、私は気づいた。室町由紀子の姿がない。つい先ほどまで、はぐれないようにしていたはずだが、どこに行ったのだろう。

「どこに行ったか知りたい？」

涼子が薄笑いした。

「知ってるなら聞かせてもらおうか」

「ラスベガスよ」

「……何《こ》だと」

「あの娘、ブロードウェイじゃやっていけなくてね。超一流になるには何かがたりなかったのねえ。ま、このごろはラスベガスだってけっこうなところだし、修業してまたブロードウェイにチャレンジするといいんだけど」

「タワゴトはそれだけか」

兵頭は目を細めた。彼の右手にある拳銃はトカレフだった。警察の制式《せいしき》拳銃ではない。密輸品だろう。そのことが、いまの兵頭の立場を物語っている。捜査官としてではなく、何者かの私兵《しへい》として行動しているのだ。

「拳銃じゃなくて剣道で来いよ」

私は兵頭を挑発《ちょうはつ》した。いきなり発砲《はっぽう》されたらおしまいだ。

「ここはひとつ階級ぬきでやってやろうじゃないか、兵頭」

敬称を、はじめて私は省略した。宣戦布告《せんせんふこく》である。

「それともこわいか。ま、あんたの技倆《うで》じゃおれに勝てるわけないよな」

私はずいぶんといい気分だった。地位が上の人間を、面と向かって呼びすてにする。この快感、サラリーマンだったらわかってもらえるだろう。

「そうよ、それでいいのよ、泉田クン」

涼子にはげまされてしまった。

「君はあたしにだけ頭をさげてりゃいいといったでしょ。兵頭なんか呼びすてにしておやり。あたしが許可するから、何の懸念《けねん》もいらないわよ」

「……どうもお気づかいありがとうございます」

「退路《たいろ》を絶《た》ったようだな、青二才」

嘲弄《ちょうろう》しつつ、兵頭がトカレフをスーツの内ポケットにしまい、警棒を持ちなおした。自信満々で私に正対《せいたい》する。

「身のほど知らずめ。四段のおれに勝てるつもりか。武道というやつは、実力が下の者が上の者に勝つことは絶対にないんだ」

警棒の持ちかたは、たしかにさまになっている。私をたたきのめすだけではすませず、なぐり殺すつもりでいるのはあきらかだった。私は涼子からステッキを借り、慎重にかまえた。

兵頭はすべるような足どりで間をつめると、するどく警棒を振りあげた。私の肩口《かたぐち》をめがけ、風を裂いて撃ちおろす。

寸前。私は前方へ躍《おど》り出ていた。ステッキの尖端《せんたん》が兵頭の咽喉《のど》に吸いこまれる。

「げぼっ……!」

異様な叫びとともに、兵頭は後方へ吹っとんだ。

そこにはクロスをかけたテーブルがあり、兵頭は激しくぶつかってテーブルもろとも転倒した。皿やグラスが床に落ちて割れくだけ、大皿のスパゲティが宙に舞って兵頭の頭上にふりそそぐ。スパゲティとミートソースにまみれた兵頭は、突かれた咽喉をおさえながら、床の上でせきこみ、よだれをこぼした。

「やったやった、泉田クンの圧勝《あっしょう》!」

涼子が拍手した。

「剣道であたしがただひとり警視庁で負けこしてるのが泉田クンなのにさ。そんなことも知らなかったんだから、その時点《じてん》で兵頭の負けよ」

「やっぱり泉田サンは強いや」

岸本がめずらしくほめてくれた。

私は以前、涼子の剣技《けんぎ》について語ったことがある。「男の三段に勝ったことが一再《いっさい》ではない」と。ときたま彼女に負ける男の三段というのは、じつは私のことなのだ。ただし、他の三段はたいてい涼子に負けっぱなしである。私より強いはずのやつでも、なぜか涼子には負けるのだ。

兵頭はまだ床の上で身体を屈伸《くっしん》させ、苦悶《くもん》をつづけている。そう見えた。警棒は三歩ほど離れたところにころがっている。私は甘かった。兵頭が警棒をつかむまで、第二撃をひかえたのだ。

兵頭は電光のごとくトカレフを抜き出した。

「よし、そこまでだ、ゴミ野郎」

「……卑怯《ひきょう》だぞ、といってもムダだろうな」

「あたりまえだ、このクズ、カス、ゴミが」

勝ち誇って兵頭は冷笑しつつ立ちあがったが、その声はしわがれ、左手で苦しげに咽喉をさすっている。

私としては「ざまあみろ」といいたいところだが、拳銃を向けられていては、あまり強気にはふるまえない。

それにしても、涼子はコルト三二口径を持っているはずだ。めずらしく慎重に、兵頭を射殺するチャンスをうかがっているのだろうか。

V

「まとめて壁の前にならべ」

兵頭に命じられて、涼子は壁の前に立ち、その右に私が、左に岸本が立った。

「さあ、どいつから先にしようか」

兵頭が猛悪《もうあく》な笑いで口もとをひきつらせる。こういう場合、たいしてユニークな台詞《セリフ》は出てこないものらしい。

「ひとり殺すといくらもらえるの?」

軽蔑《けいべつ》したように涼子が問う。

「殺しはせんさ。手足にちょっと穴をあけるだけだ。あとはあの部屋に放り出しておけば、やつらが結着《かた》をつけてくれる」

「あの部屋って、どの部屋よ。やつらって？」

「知る必要はない」

兵頭がトカレフの銃口をあげたとき、彼の背後に人影が出現した。兵頭が行方《ゆくえ》を気にしていた人物だ。

「兵頭警視、銃をすててください！」

この期《ご》におよんでも礼儀ただしい声は、室町由紀子のものだった。基本に忠実に、両手でコルト三二口径をかまえた網タイツ姿の美女。

兵頭は振り向かない。涼子の胸に銃口を向けたまま、一段と口もとをゆがめた。

「ふん、やはりそのへんに隠れていたらしいな。バカが、この連中と心中《しんじゅう》する気か。正気じゃないな」

「わたしは警官として正しい道を歩みたいだけです！」

由紀子の場合これはまったくの本心である。だから涼子にきらわれるんだけど。

涼子がいまいましげにつぶやいた。

「あれはあたしの銃なのに。せっかく貸してやったんだから、さっさとこいつを撃ち殺しゃいいのにさ」

「不愉快な小娘どもだ。ひとりは悪党ぶるし、ひとりは正義派ぶりやがって、目ざわりなことこの上ない。どちらにしたって、現実のきびしさを知らないようなやつには、痛い目を見せてやる必要がある」

「動くと撃ちます！」

「撃てるもんか」

兵頭は、由紀子がすこしだけ移動したのに気づかなかった。由紀子は靴をはいておらず、足音がしなかったからだ。だから、ななめ後方からの一弾でトカレフを撃ち落とされたとき、驚愕《きょうがく》のあまり動けなかった。

涼子が前方に躍《おど》り出し、兵頭の左頰《ひだりほお》に強烈な平手打ちをくらわせた。兵頭はよろめき、近くのテーブルにしがみついた。私は床に落ちたトカレフをひろいあげた。

ようやく姿勢《しせい》をたてなおした兵頭は、陰惨《いんさん》きわまる目つきで私たちをにらみまわし、視線を由紀子にすえた。

「くだらん、あの女の仇討《かたきう》ちのつもりか」

「あの女」とは、かつて兵頭が自殺に追いこんだ婦人警官のことだ。つまり兵頭は、由紀子を敵にまわしたことについて、身におぼえがあるというわけだった。

「あの女にはいくらでも選択の余地《よち》があったんだ。財布《さいふ》をネコババしたことを正直に告白してもよかったし、おれに脅《おど》されたことを警察なりマスコミなりにうったえてもよかった。そうしなかったのは、あの女のかってだ。おれを憎むのはサカウラミってやつだろう」

由紀子は声も出せず、怒りに息をはずませながら兵頭を見すえている。

先に発砲したのは、日ごろの由紀子にも似あわない行動だったが、それだけ怒りが大きかったのだ。

「彼女が警察にうったえたら、調査をおこなうのは総務部人事第一課だな」

私が口をさしはさむと、兵頭は目を細め、さりげなさそうに右手をうしろにまわした。

「あんたのやったことを、あんた自身がとりしまるわけだ。ばかばかしい。そこで自分自身の罪をきちんと矯《ただ》すような人間なら、最初からそんな卑劣《ひれつ》なマネをするわけないんだ。あんたは立場を利用して人の弱みにつけこんだだけだ」

兵頭は毒蛇もたじろぐような目つきで私をにらんだ。私には痛くもかゆくもなかった。兵頭の正体が完全に見えすいてしまったからだ。爬虫類《はちゆうるい》めいたブキミさを他人に見せつけて、それを武器にしてきたのだろうが、実体は単なる卑劣漢《ひれつかん》だった。

「どうする、まだやるか」

私はステッキをひろい、その先を兵頭の咽喉に向けた。

兵頭はうなり声をあげた。右手を前にまわすと、ついいましがたまでテーブルの上にあったフォークが、私の顔めがけて突き出される。

つぎの瞬間、兵頭はあらたな苦痛に身を折った。彼の動きを見すかしていた涼子が、国宝級の脚をはねあげたのだ。ハイヒールの尖端《せんたん》が左の脇腹《わきばら》にくいこみ、兵頭はくぐもった奇声《きせい》をあげた。

「おおい、何があったのかね。何だか銃声らしいものが聞こえたんだが……」

場ちがいにのんびりした声がして、第二の人影があらわれた。兵頭は身を折ったままの姿勢で、つんのめるようにドアへと走った。

兵頭に突きとばされた人物が、私のほうへ倒れこんできたので、兵頭を追うことができなかった。ドアが閉ざされ、兵頭が姿をくらますと、私は倒れかかってきた相手の正体に気づいた。国務大臣・国家公安委員長の七条熙寧《しちじょうひろやす》氏である。

「やあ、こちらは薬師寺涼子クン、そちらは室町由紀子クン。警視庁ご自慢の美女キャリアが、ふたりそろって……」

立ちなおった七条熙寧氏は口をとざし、感銘《かんめい》を受けたように、ふたりの美女キャリアを「観賞《かんしょう》」した。やがて、わざとらしく私を見る。

「ああ、おともの人もいるな。これはどういう余興《よきょう》なんだろう」

「余興ではありません、大臣、これは……」

由紀子がいいさして言葉につまると、七条氏は不審《ふしん》さと好色さをないまぜた目つきで、あらためて由紀子の網タイツ姿を見あげ見おろした。

「余興じゃないって、ではその、ええと、蠱惑《こわく》的なスタイルは何なのかな。近来《きんらい》まれな目の保養ではあるが……」

「あら、大臣、ご存じありませんの」

涼子が七条氏のおしゃべりを制した。

「あたしたちはこれから戦争をしようとしてるんです。あたしと同僚が着ているのは戦闘服です」

「戦闘服!? だけど、君……」

「網タイツはキャリア官僚の戦闘服なんですのよ。おわかりいただけましたら、どうぞ安全なところへご避難あそばせ」

冷然と言い放つ涼子を、由紀子がフォローした。

「よかったら、泉田警部補、大臣をご案内してさしあげて」

私としては、岸本ひとりでも足手まといなのに、このうえ国家公安委員長にまでかまってはいられない。

「早く外に出てください。ここにいらしては安全が保障できませんから」

できるだけていねいに追いはらおうとしたが、七条熙寧氏のほうは危機感があるのかないのか、心細そうな表情で左右を見まわすだけで動こうとしない。

「誰か送ってくれないのかなあ。私はこれでも大臣なんだけど、何だかナイガシロにされてるなあ」

抗議めいてぼやいたとき、またしてもドアが開いた。一ダースほどのあらたな人影が乱入してくる。警棒を振りかざしたガードマンの群だ。銃声を聞いたか、逃げ出した兵頭に教えられたか、とにかくようやく駆けつけてきたわけである。よせばいいのに。

「手を出さないでよ。兵頭のやつは泉田クンにあげたでしょ。こいつらはあたしの獲物《えもの》だからね」

日本一危険な女剣士が舌なめずりした。

第七章　花嫁は魔女

I

涼子《りょうこ》の剣の舞《まい》は華麗そのものだった。ステッキが魔法の剣みたいに見えた。

「いや、むちゃくちゃ強いんだね、薬師寺《やくしじ》涼子クンは」

とめるべき立場のはずなのに、七条熙寧《しちじょうひろやす》氏が見とれてしまったほどだ。一ダースもいたガードマンは、涼子にかすり傷ひとつつけられず、ステッキの一閃《いっせん》ごとに床にはいつくばってうめき声をあげる。人数が多すぎるし、あぶなくなったら助けるつもりだったのだが、まるであぶなくならないのだ。

見ているうちに、私は疑惑をおぼえたほどである。涼子は私に負けこしているが、それはわざとしていることで、じつは私よりずっと強いのではないだろうか。

もっとも、涼子がそんなマネをする理由が、私には見当もつかない。昨夜の銀座とおなじで、一対一の戦いより、多数を相手どってのバトルロイヤルが得意なタイプと考えたほうがいいのだろう。

とにかく涼子ひとりでジャマ者たちをかたづけてしまったので、私たちは逃げ出した中神《なかがみ》代議士と百目鬼《どめき》教祖を追いかけることにした。殺人教唆《きょうさ》の現行犯を追う、という大義名分《たいぎめいぶん》があるし、彼らを追えばおのずと「万魔殿《パンデモニウム》」の中枢部にたどりつけるはずである。

先頭に立つのはむろん涼子で、ステッキを振りまわしながら長い廊下を進んでいく。つぎにステッキをついた由紀子。三番めに国家公安委員長の七条氏。四番めはあいかわらず両手に紙袋をさげた岸本《きしもと》。シンガリが私だ。

「何だかたいへんなことになりましたねえ」

歩き出す前に岸本が私にささやいた。

「まるで大臣を人質《ひとじち》にとったみたいじゃないですか。こんなこと予想できました?」

それはまあ私だって、警察官になるとき、さまざまに未来を想像した。連続殺人犯を逮捕して警視総監賞をもらうかもしれないし、あえなく殉職《じゅんしょく》するかもしれない。しかし、

「一〇年後、自分は網タイツをはいた女性の上司《じょうし》といっしょに財務省の施設に乗りこみ、大臣を人質にしてのし歩いているであろう」

と予知したことは一度もない。予知していたら、警察官にはならなかっただろうなあ。

「こら、中神! 百目鬼! どこに隠れた、出てこい、でないと火をつけてやるから!」

犯人をさがす捜査官とはとても思えない。民話に登場する山賊みたいなものいいである。そうどなっているのが絶世の美女で、シルクハットに燕尾服《えんびふく》に網タイツというスタイルなのだから、二重三重にミスマッチだった。

「あなたね、もうすこし上品なものいいをしたら？　法を守る立場の人間とも思えないわよ」

たまりかねたように、由紀子が意見する。

「はいはい、お上品にね」

案外すなおに応じたと思ったら、

「おフタカタ、いずこにお隠れあそばしましたのー？　お出ましになりませんと、火をつけさせていただきましてよー、オホホのホ」

完全におちょくっている。いつどこで死の危険に直面《ちょくめん》するかわからないのだが、涼子の態度は日ごろと変わらない。つまり、日ごろから不穏当《フオントー》なのだ。

七条煕寧氏がこまったように私をかえりみた。

「私は中神センセイのおかげではじめて大臣になれたんだからね。お会いしたら何といったらいいのかねえ」

無邪気《ムジャキ》というか能天気《ノーテンキ》というか。こんな台詞《セリフ》を聞くと、「選挙民のおかげじゃないんですか」と、初歩的なイヤミをいいたくなる。

私はいいたくなっただけだが、ここで実際にいってのけるのが薬師寺涼子だ。

「あら、そんなことでよく大臣がつとまりますね。いまどきの政治家は、ボスを五回、政党を三回は替えないと一人前じゃないそうですけど」

「手きびしいね」

七条氏は苦笑した。後ろ向きに何歩かあるくと、どういうつもりか、私と並んだ。いやに低い声で、私に話しかけてくる。

「泉田《いずみだ》クン、君に相談したいことがあるんだ」

「はあ、大臣が私にですか」

「コゴエで、コゴエで」

「いったい何でしょう」

私が声をひそめると、七条氏はちらりと涼子の後姿《うしろすがた》を見やった。そして、あいかわらず低い声で爆弾を投げつけた。

「じつは涼子クンにプロポーズしようと思ってるんだ」

「……！」

私はよろめいたかもしれない。姿勢《しせい》と声の両方をコントロールするのに、たっぷり五秒は必要だった。

「正気……いや本気ですか!?」

「むろん本気だとも。私は独身だからね。涼子クンにプロポーズするのに、何の障害もないはずだ。そうだろう？」

涼子にプロポーズするというのだから、現代の英雄というか歴史的な快男児《かいだんじ》というか、たいへんな勇気だ。ゼッサンしていいはずなのだが、「涼子クン」という七条のいいかたが、妙に私の反感をそそった。

「たしかに障害はないと思いますが、問題はお涼、じゃない、薬師寺警視のほうでしょうね」

「それはまあ、君に心配してもらうことじゃないな」

「失礼しました」

「いやいや、それよりも、どうだい、君、警察をやめて私の秘書にならないか。いまの秘書たちより見こみがありそうだ」

「ありがたいお申し出ですが、おことわりします」

「……というだろうとは思っていたが、いちおう理由を聞かせてもらえるかな」

「あんなワガママで傍迷惑《はためいわく》な上司、ほっといたらえらいことになりますから」

私が制止しなかったら、涼子はこれまでに五、六人ぶっ殺して、免職《クビ》どころか海外に高飛びしていたかもしれない。そうなれば、外国の人にまで迷惑がかかるわけで、とりあえず警察という組織は、薬師寺涼子という最大級の危険人物を収容しておくお城なのだ。たとえていえばロンドン塔か、バスチーユ要塞か。

もし涼子がどこかの国の女王陛下にでもなったら、世界はどんなことになるやら。

「よっしゃ、勝算《しょうさん》あり」

なんて考えた日には、第三次世界大戦ぐらいおこしかねない。警察権力を日本国内で悪用し、犯罪者と上司をオモチャにしているぐらいですんでいるのは、サイワイというものである。地球の平和と人類の存続《そんぞく》のために、日本警察は（その半分ぐらいは私個人だが）というとうとい ギセイとなっているのだ。

それにしても、この二日ほど、やたらと東大出身者に会っているような気がする。涼子と由紀子を見ているだけでも、「東大出身者もいろいろだなあ」と思うのだが、さらにジャッキー若林と中神代議士のご両人に出会ってしまった。

四人のうち、いちばんマジメなのが由紀子で、いちばん善良（?）なのがジャッキー若林で、いちばん低俗《ていぞく》なのが中神で、いちばん邪悪なのが涼子だろう。こうして見ると、どういうわけか、いずれも極端に走りやすいタイプのように思える。

勇気（だけは）ある七条熙寧氏は、どこの大学を出ているのだろう。

「私は高校を出たあとヨーロッパに行ってしまったから、政界に大学の人脈《じんみゃく》がないんだよ」

私の心を読んだように七条氏がいった。

エレベーターを使っていったん一階におりた。涼子が七条氏をジャマ者あつかいして、追い出そうと考えたのだ。ロビーはまったく無人だったが、受付には四人ほどの男女がいて、ドラよけお涼のご一行を、おどろきの表情で迎えた。とくに男性ふたりは、目と口を最大限にひらいて、網タイツの美女ふたりをながめたが、

「いつまで見てんのよ！」

という涼子の一喝《いっかつ》で我に返った。

「だ、大臣、どうかなさったので……」

「ああ、いや、ええと、中神センセイはこちらに見えてないかい」

「いいえ」

「他の出席者たちは？」

と、涼子がキツモンする。

「さきほど懇話会《こんわかい》が終わりまして、センセイがた皆さま地下のプール室でショーをごらんになっておられますが……」

涼子が舌打ちした。

「あのスケべども！」

「いや、男のサガだねえ」

と、七条氏も苦笑する。ショーの内容をご承知のようだ。受付の男はさぐるような目つきをした。

「大臣はショーをごらんになりませんので？　それとも、個室をお使いになるのでしたら、二〇二号室があいておりますが……」

意味がわかって、涼子、由紀子、七条氏の三人は三種類の表情をした。私自身は、さて、どんな表情をしたことだろう。

「いや、いや、この女《ひと》たちはそういうのじゃないんだよ。じつは、この女たちは警……」

「大臣はお帰りよ！　お車を用意して！」

涼子が反抗を許さぬ声で命じ、私たちをかえりみた。

「泉田クン、お由紀、岸本、地下に行ってスケベどもを追い出して。この上やつらにいられると迷惑だわ」

「口実《こうじつ》はどうするの？」

「そのくらい自分で考えなさいよ！　あたしは大臣を車にお乗せするから」

足を痛めている由紀子が地下までいくことはない。私はそう思い、そういったが、由紀子は、自分も行く、といいはった。涼子への対抗意識だろうか。とめてもムダだった。

私たち三人は地下へおりた。すぐにプール室が見えた。五〇人ほどの男たちが、哺乳類《ほにゆうるい》のオスの本能をむき出しにして、ビールやウィスキーのグラスを手に、野卑《やひ》な歓声《かんせい》をあげている。私たちがはいっていっても気づく者はいない。

「さっさとお逃げなさい！」

由紀子は叫んだ。男たちの何人かが振り向いて声の主を見た。たちまちメジリをさげ、鼻の下をのばす。凛《りん》として、由紀子は告げた。

「もうすぐ警察が駆けつけてくるわ。つかまったら、めんどうなことになるわよ。さあ、早くここを出て！」

大ウソである。涼子ならいざしらず、由紀子がこんな大ウソをつくとは思わなかった。あきらかに、朱にまじわって赤くなっている。

「警察」という言葉を聞いて、男たちはざわめいた。まずいぞ、という声がする。ウソも方便《ほう》《べん》、うまくいったかと思ったとき、脂《あぶら》ぎった初老の男が、ダミ声でよけいなことをいった。

「おい、何もあわてることはない。警察なんかこわくないぞ。おれたちは民間のやつらとはちがうんだからな。警察なんか、こちらが強く出ればどうにでもなる。おちつけ。おれが話をつけてやるから。それより、そこのメガネの網タイツ、気どってないで、さっさとぬいでサービスせんかい」

私は本気で腹が立ってきた。この国では、身におぼえのあるやつほど警察をバカにするものらしい。

II

あつかましい演説をぶって警察を侮辱《ぶじょく》した男のところへ、私は大股に歩み寄った。男が脂《あぶら》ぎった顔を私に向ける。

「な、何だ、お前は」

無言のまま、私は左手で男の襟首《えりくび》をつかんだ。襟に金色の議員バッジが光っている。こんなショーを見物するときですら、議員バッジをつけているやつだ。なお無言のまま、私は男の襟から議員バッジをむしりとり、左手で男を突きとばした。

盛大《せいだい》な水しぶきをあげて、男はプールに落ちた。シンクロナイズド・スイマーたちが悲鳴をあげる。男は水面に浮きあがると、何やらわめきながら両手を振りまわした。夢中でか、わざとか、シンクロナイズド・スイマーにつかみかかる。紙の水着がちぎれて、あらたな悲鳴があがった。

プールサイドにいた男たちの半数は、下品な笑顔でプールをながめやった。だが残りの半数は、ビール瓶《びん》をつかんだりシャツの袖《そで》をまくりあげたりして、私につめよってきた。

「何をする、この野郎！」

けたたましいベルの音がひびきわたった。いっせいに私におそいかかろうとした男たちの動きが停止する。

「火事だあ！」

それは岸本の声だった。

「火事だあ、逃げろ、火のまわりが早いぞ、煙に巻かれたらおしまいだぞお……！」

男たちは動揺した。たがいに顔を見あわせて、去就《きょしゅう》に迷うようすだったが、ひとりが「逃げろ」と叫ぶと、どっと動き出した。たがいに突きとばし、押しあい、つまずいたりころんだり呼びあったりしながら、プール室の外へ出ていく。

由紀子が私の顔を見やった。

「泉田警部補、このごろほんとにお涼に似てきたみたい」

「はあ、申しわけありません」

私が頭をかくと、由紀子はかるく手を振った。

「でもいい気持だったわ。だから、わたしも共犯みたいなものね」

「何にせよ、岸本のおテガラですよ」

機転《きてん》の勝利をおさめた岸本が、得意満面《トクイマンメン》でやってきた。

「えっへへへ、どうやらうまくいったようですね。よかったよかった」

「たいした機転だ、よくやった、レオコン」

「どういたしまして。ところで、レオコンって何ですか」

「さてと、一階のようすはどうかな」

岸本の質問を無視して、私は階段に向かった。一階のホールに出ると、何やら屋外もさわがしい。

涼子が声をかけてきた。私はベルが鳴りひびいた事情を説明し、七条はどうしたかを尋《たず》ねた。

「大臣は外に追っぱらったわよ」

「それはけっこうでした。ところで何です、あのさわぎは」

「物好きな高校生たちがさわいでるのよ。例の携帯《ケータイ》電話情報につられて集まってきたの」

「だってまだ八時になってませんが」

「何いってるの、八時になったからショーをやってたんでしょ」

「ああ、そうでしたね。するともうそんな時刻か」

意外に時間は早くすぎていた。涼子と由紀子がぬれた服を網タイツに着替えるのに、けっこう時間がかかっていたようだ。

私は、涼子が手に小さな電卓《でんたく》みたいなものを持っていることに気づいた。私の視線を受けた涼子は、ニヤリと笑ってそれをかるくかざしてみせた。

「すごく役に立つものを手にいれたのよ。すぐにわかるわ」

さらにベルは断続的《だんぞくてき》に鳴りひびき、ホールや廊下を人が走りまわっているのが見える。

「シンクロをやってた女《ひと》たちもいなくなったみたいですねえ」

　と岸本がいう。

「あの女性たちは巻きこまれると気の毒だな」

　私たちはふたたび上の階に向かった。火災報知機の作動《さどう》とともに、エレベーターは使えなくなっているから、階段を使うしかない。

「お由紀、もう外に出たら？」

　涼子のすすめを、由紀子はことわった。岸本が涼子の表情をうかがいつつ、

「ボクが外に出て、各方面との連絡係をつとめましょう」

　と申し出る。涼子がうなずいたのは意外だったが、「もうオトリとしての用はなし」と判断したのかもしれない。おゆるしをいただいた岸本は、両手に紙袋をぶらさげたまま、喜々《きき》としてホールへ出ていき、私たちは三人で行動することになった。

　やがて二階の窓から、私たちは前庭を見おろした。

　門扉《もんぴ》の外には、高校生らしい若い男女がひしめいている。けたたましいサイレンの音をたてて、消防車が門に接近しようとするが、人波にさえぎられて、あと二〇メートルというあたりから容易に動けない。そのありさまが、無責任なヤジウマを呼び集めて、群衆はさらに増えつづける。

　いつもは閑静《かんせい》な三田の邸宅街も、映画のロケ現場をしのぐ騒動だ。

門扉のなかでは、建物からころげ出た男たちが右往左往《うおうさおう》していた。さっさと門から出て姿を消したいところだろうが、あつい扉《とびら》が閉ざされているので出るに出られない。出たところで高校生たちの人波にはばまれて動けないだろう。

「写真週刊誌にも声をかけておいたからね。さぞいい写真がとれるでしょ」

「まったく、あなたという人は手ぬかりありありませんね」

「負けるケンカをしないだけよ。ところで、泉田クン、さっき政治屋のひとりから議員バッジを没収《ボッシュウ》したってお由紀がいってたけど」

「ええ、ポケットの中にありますが……」

「あ、出さなくていいわ。だいじに保管しておいて。いずれ猟奇《りょうき》殺人事件の現場にでも放りだしておくから」

「冗談ですよね」

「オホホ、もちろんよ、イヤねえ」

タチの悪い冗談はさておき、私に議員バッジをむしりとられた政治屋の社会的生命は、涼子の手ににぎられた。いずれあわれな末路《まつろ》をたどることになるのだろう。

ほとんど無人と化した建物の中を、私たちはさらに調べまわった。消防士や警官が乱入してくるにしても、もうすこし時間があるだろう。ここで、涼子が手にいれた電卓のようなものの正体がわかった。建物内のすべてのドアの電子ロックを解除するカードがはいっていたのだ。先ほど七条氏の名前をかたって、受付でだましとったものだという。私はあきれ、由紀子はヒンシュクしたが、たしかに役には立った。

ほどなく、二階のもっとも奥まった一画で、あやしげなドアを発見した。「立入禁止」という立札が前に立っている。もう「蹴破《けやぶ》ってはいってください」というようなものだ。涼子は大喜びで誘惑に応じた。電子ロックを解除して部屋にはいると、小さな窓は鎧戸《よろいど》が閉ざされていてまっくらだった。

壁のスイッチをさぐって照明をともしたとたん、私はうなった。

「人骨《じんこつ》ですよ……!」

「見りゃわかるわよ」

涼子が声を押しころした。

一面に積《つ》みかさなっているのは、単なるカルシウムのかたまりだと思いたかった。だが、何十かのドクロが、うつろな眼窩《がんか》で私たちをにらんでいて、犯行現場がどこであれ、大量殺人がおこなわれたであろうことを否定しようがなかった。

「そう古いものじゃなさそうね」

由紀子の声は落ち着いていた。これが彼女の本領《ほんりょう》かもしれない。

「腐乱《ふらん》死体よりましだわ。骨になってしまってるから……頭蓋骨《ずがいこつ》だけかぞえたら、何人分の骨かだいたいわかるでしょう」

「中神や百目鬼のやつ、死体遺棄《いき》にもかかわっていたわけね。たぶん殺人そのものにもね」

涼子はステッキをつこうとし、そこに人骨があるのに気づいて、いそいで引っこめた。死者に対する畏敬《いけい》の念というより、涼子のステッキは生きている人間をたたきのめすための道具なのである。

三〇いくつまで人骨の数をかぞえていた由紀子が、この日何度めのことか、息をのむ感じでささやいた。

「あ、あれ、兵頭警視《ひょうどう》じゃない……!?」

私は心底《しんそこ》から兵頭という男がきらいだった。それでもこういう光景はあまり見たくなかった。

兵頭はひからびて、人骨の山に半ば身体を埋もれさせていた。骨格に直接、皮膚《ひふ》をはりつけたような印象だった。眼窩《がんか》は空虚《くうきょ》で、つまり眼球が消えていた。皮膚に生色《せいしょく》などあろうはずもなかったが、かわききった茶色の皮膚は、発掘されたばかりのミイラのようだ。

「……ついさっきまで生きていたのに」

由紀子の声がふるえた。

涼子と私は無言で視線をかわしあった。

III

人骨の山の横手にドアがあった。今度は何が出てくるかと思いながらそれをあけると、何やら博物館みたいな光景がひろがった。薄明るい照明の下に、一ダースほど、ガラスのケースが配置されている。ケースは電話ボックスほどの大きさで、中には奇怪な彫像《ちょうぞう》めいたものが置かれていた。由紀子が小首をかしげた。

「剝製《はくせい》かしらね、泉田警部補」

「剝製ってことはないでしょう。こんな生物が実在したわけがありませんよ。模型《もけい》だろうけど、よくできてますね」

ほんものそっくりだ、とはいわなかった。ほんものなんて見たことがないからだ。人間でもなく、動物園にいるようなケモノでもなく、哺乳類《ほにゅうるい》の特徴と爬虫類《はちゅうるい》の特色とが不自然にそなわったような異形《いぎょう》の存在ばかり。

涼子がケースのひとつをのぞきこんだ。

「これはヒュドラね。頭が七つある蛇《へび》。頭の数については、八つとも五〇とも一〇〇ともいう説があるけど」

つぎの怪物に、私は視線を向けた。

「これはわかります。ミノタウロスだ」

巨大な牛の頭が、たくましい肩の上にのっている。腕も脚も、筋肉が盛りあがってはちきれそうなようすが、妙になまなましい。

「これはキマイラ、こっちはエキドナ」

キマイラは一見《いっけん》ライオンのようだが、背中にもうひとつヤギの首がはえており、尾は蛇だ。エキドナは上半身が人間の女性で、下半身は大蛇の形をしている。そして、つぎに、頭髪が蛇の姿をした女性が立っていた。

「これはゴルゴンですね」

「ギリシア神話の怪物が多いわね」

涼子の口調には、何やら考えこむようなひびきがあった。由紀子が、恐怖にたえるような声で誰にともなく問いかけた。

「これらはみんな最近の遺伝子《いでんし》工学でつくられたものなの？」

「さあ、どうでしょうね」

遺伝子工学について、私のようなシロウトの知識はいたって貧弱《ひんじゃく》である。ときおりホラー小説で読んで、「どこまでが科学的事実なんだろう」と思うくらいだ。

私は足をすすめ、つぎに列《なら》んでいる怪物の剝製（？）をながめた。いやな気分がした。コウモリのような翼をたたんだ、ほぼ人間大の怪物。有翼人《ゆうよくじん》だった。

そして、その有翼人の左眼はつぶれていた。

慄然《ぞっ》として私は立ちつくした。非科学的な想念《そうねん》が脳裏《のうり》を駆けめぐり、私は見るにたえない思いで視線をそらした。

「お気に召《め》したかね、招かれざる客の諸君」

毒々しい声がした。私たちは振り向いた。

そこにはからっぽの陳列棚があったと思ったのだが、巨大なガラス箱のなかに人影が立っていた。中神《なかがみ》と百目鬼《どめき》だ。

見るなり、乱暴にも涼子がステッキを投げつけた。反射的に中神と百目鬼は身をちぢめたが、ステッキは激しくガラスにぶつかり、割ることができずにはね返った。強化ガラスだ。

「そ、そんなもので割れるものか」

ガラス箱のなかで、中神が嘲笑《ちょうしょう》する。

「お前ら、動くなよ。動いたらこのリモコンを押す。そうしたら毒ガスが噴き出るようになってるんだ」

箱のなかで、百目鬼がリモコンスイッチを差しあげてみせた。

「人骨の山を見つけたわよ。あれはあんたたちの悪行《あくぎょう》の証拠ね」

涼子の声に、ふてぶてしく中神はうなずいた。

「密入国者とホームレスをあわせて、ざっと三〇〇人かな。怪物どものエサとしてよく役に立った。お前らは、この建物に遺伝子工学の実験施設があると思っていたようだが、そんなものはないのだ。怪物どもをよみがえらせ、生命を維持するために、ずいぶんとエネルギーは必要だったがな」

「エサといったけど、何で剝製《はくせい》にエサがいるの」

「剝製？　剝製に見えるのか」

今度は百目鬼があざけった。

「あれはただ眠っているだけだ。あれたちがめざめたとき、お前たちまつろわぬ者どもは恐怖に慄《ふる》え、敗北感に打ちのめされ、ただただ慈悲《じひ》をこうしかない。だが、まだまにあう。我々の前に土下座《どげざ》してザンゲするのだ！」

「聞くにたえないな」

静かな声。だが、どこかあざけるような調子があり、びくりとするような印象があった。こんな声を出せるのは誰だろう。私は声の主をたしかめようとした。なぜだかわからない理由で、たしかめるのはイヤだったが、そうしなくてはならなかった。

私は視線を動かした。涼子も由紀子も、おなじ行動をしていた。ただひとりの例外——落ち着きはらってみんなの視線を受けとめているのが声の主だった。

いつもどってきたのか、国務大臣・国家公安委員長、七条熙寧《しちじょうひろやす》が私たちのそばに立っていた。

彼の顔に浮かんだ表情は、これまで、どんな人物の顔にも見たことのないものだった。いっぽう、中神と百目鬼の顔を占領した表情も、めったに見られないものだった。純粋な恐怖の表情と思われるのだ。

「まったく聞くにたえない。もうすこし使いどころのあるやつらかと思っていたが、このブザマなことはどうだ。自分では事態を処理することもできぬくせに、他者の力をあてにしてそっくりかえるみにくさよ。もう用はない。お前らのかわりはいくらでもいる」

七条の指が鳴った。するとガラス箱の強化ガラスが異音《いおん》を発して砕け散った。

中神と百目鬼は悲鳴をあげた。あきらかに彼らは、七条煕寧の何者たるかを知っていた。ガラス箱からころげ出る。頭や背にガラスの破片をのせた姿で、両手をあわせ、頭上にかかげて身体をはいつくばらせる。七条をおがんでいるのだった。つい一分前までの傲慢《ごうまん》さから卑屈《ひくつ》の谷底へ突き落とされた、あわれな姿だ。

涼子も由紀子も私も、だまりこんで眺《なが》めるだけだった。それ以外に何もできなかったのだ。

七条はスーツのポケットから何かとりだした。小さな瓶《びん》で、化粧水でもはいっているように思われた。いかにもつまらなさそうに、七条は瓶のフタをとると、そのなかみを、はいつくばったふたりの男に振りかけた。

「うわわわわ……」

声をあげたのは、ふたりのうちどちらだろう。

中神と百目鬼の身体から煙があがりはじめた。一瞬、硫酸《りゅうさん》かと思ったが、臭気《しゅうき》はまったくなかった。煙は音もなくふたりをつつんで、繭《まゆ》のようにかたまりかけたかと思うと、大きくはじけた。

いいあわせたわけでもなく、私たちは大きくしりぞいて煙に触れるのを避けた。そして煙が消えると、あとには何ひとつ残っていなかったのだ。

「見ぐるしいところをお目にかけた」

瓶をポケットにおさめると、かるく七条は涼子に一礼した。

「君と君の仲間を口ぎたなくののしったやつらは罰を受けた。非礼《ひれい》をゆるしてほしい」

「つまり、この万魔殿《パンデモニウム》の主人はあんただったというわけね。この俗物ふたりは、あんたの手先《てさき》にすぎなかった……」

「万魔殿《パンデモニウム》か。なるほど、それはそれでふさわしい名だが、じつはもっとふさわしい名がある。そう、悪夢館《マルペルチュイ》というやつだ」

顔だちも声も変わってはいないはずなのに、雰囲気《ふんいき》は一変《いっぺん》している。年齢は一〇歳ほど若がえり、着ている服ごと体格がひとまわり大きくなったように思われた。ムダと知りつつ、私は眼をこすらずにいられなかった。由紀子が口をおさえたのは、悲鳴をあげないためだろう。

いまや完全に変貌《へんぼう》しおおせて、七条熙寧はまがまがしい影を壁と床に投げかけ、私たちの前に立ちはだかる印象だった。

IV

「私は祖父以来、三代つづきの政治家でね。ひ弱な世襲《せしゅう》議員といわれていた。ま、そう見えるようふるまってきたわけだ」

余裕たっぷりの微笑とともに、七条は説明した。圧倒されて一歩さがりながら、私は、内ポケットにおさめたトカレフのことを考えた。由紀子があずかっている涼子のコルトとあわせて、こちらには拳銃が二丁ある。ないよりはましなはずだった。

「だが七条家の歴史はそのていどのものじゃない。長きにわたって朝廷につかえてきた陰陽《おんみょう》師《じ》の家系なのだ」

「陰陽師というと、安倍晴明《あべのせいめい》？」

私でも安倍晴明ぐらいは知っている。というより、他にひとりも知らない。まあ大多数の日本人がそうだろう。

「無知だな、君は」

やっぱりいわれてしまった。

「安倍晴明だけが陰陽師ではない。あの男の虚名《きょめい》がもっとも高いことは認めるがね。私は七条家の、ちょうど四〇代目にあたるんだ。ものごころついたときから英才教育を受けて、一八歳のときからヨーロッパで修業した。大学はロンドンだが、プラハにいたほうが長かったな」

「中央ヨーロッパの魔術の都ね」

きまじめに由紀子が確認する。

「そういうことだ。だが昔のことはおいておこう。国家公安委員長になって、私は涼子クンの存在を知った。涼子クンの為人《ひととなり》にひとかたならぬ興味をいだいた。涼子クンがこの建物のことに熱心なのを知った。そして一昨日、有翼人が死体を涼子クンの前に投げ落とした」

「おもしろい偶然ね」

と涼子は一言でかたづける。心外《しんがい》そうに七条は涼子を見やった。

「偶然なわけがないだろう。最初から君を誘いこむためにエサを投げ出したんだよ」

「何のためにさ」

「だから君をここに招待するためにだ！」

「ああ、そうなの。すると兵頭のやつを動かして、泉田クンをいびらせたのもあんたと思っていいのかしら」

「まあね。それで君はいっそうやる気になっただろう。私が望んでいたとおり、君はここにやって来た。私がこの国に再現した悪夢館《マルペルチュイ》に」

七条は声をたてずに笑った。汚泥《おでい》の表面に有毒ガスが泡だつような笑いだ。

「すべて私の思うとおり。涼子クンの行動は何もかも私のしいた必然性のレールの上にあったんだ」

「必然性!? オーッホホホホ! 何が必然で何が偶然かは、あたしが決めるわ。あんたに決めてもらう必要なんてないわね」

どう威嚇《いかく》しようと、涼子の自信はローレンシア楯状地《たてじょうち》のごとく揺《ゆ》るぐことがないのだった。

「そうか、それならまあいい」

七条は鼻白《はなじろ》んだ。すると、わずかに残っているらしい人間性のカケラがちらついて、すぐに消えた。

「こうまでして涼子クンをここに招いた理由は何か。先ほど泉田クンにその一端《いったん》をうちあけたが、それは涼子クンにプロポーズするためなのだ。私の力を知ってもらった上でね」

七条にしてみれば、満《まん》を持《じ》しての告白だったろうが、涼子は平然。かわりに由紀子が大きく眼をみはっている。

「私の花嫁は、容姿《ようし》の美しさと頭脳の明晰《めいせき》さにおいて比類《ひるい》ない女性でなくてはならない。しかも安っぽい正義やおろかしい道徳にとらわれていてはならない。冷酷《れいこく》で利己的でサディスティックで、しかもそういった資質《ししつ》が、きわめて華麗に表現されていなくてはならないのだ」

なるほど、たしかに薬師寺涼子こそ、地上でもっとも悪の女王にふさわしい人物かもしれない。私が涼子の横顔を見やると、熱烈なプロポーズを受けたはずの美女は皮肉っぽく求《きゅう》婚者《こんしゃ》に問いかけた。

「要するに、あんたにとって、あたしが理想の女性だというわけね」

「あんた」呼ばわりされるのは不本意であったにちがいないが、七条はおだやかに応じた。

「そうだ。君こそ私と対等のパートナーになれる、地上で唯一《ゆいいつ》の女性なのだ。これまで私はひかえめにふるまっていたが、君を得て、今後はもっと大胆に行動できるだろう」

いやに細長いまっかな舌で、七条は上唇をなめた。

「一時は泉田クンをお涼クンから引き離そうと思ってね、SPに栄転させようとしたんだ。ノンキャリアにとっては光栄ある地位だからね。お涼クンはそれをことわったが」

私がSPになる、というウワサが流れた背景には、そういうことがあったのか。だから一昨日、ホテル・エンプレスで七条は私の人事に言及《げんきゅう》したのだ。張本人だったのだから。

「泉田クンは身長、射撃、柔剣道、どれをとってもSPとしての水準をクリアしている。ご本人は自覚していないようだが、わが花嫁をフォローしているというだけでも、有能さはあきらかだ」

「わが花嫁って誰のことよ」

と、涼子の声は冷《さ》めている。

「そうツンケンしたもうな。一方的な行動であったことは認める。だがこれも君を花嫁に迎えたいと思えばこそだ。私の情熱と誠意は認めてくれるだろう」

「という割には、いろいろとケチくさい小細工《こざいく》が目にあまるんだけど」

「すべて愛のなせる業《わざ》だ」

「いってて恥ずかしくない？」

「真実とはだいたい恥ずかしいものでね。だから直視《ちょくし》できる人間はすくない。ま、とりあえず君は俗世《ぞくせ》で大臣夫人ということになる。五年後には首相夫人《ファーストレディー》だ」

七条はかるく両手をひろげてみせた。

「むろん裏の世界では王妃《おうひ》ということだ。私は君に対して、もっともふさわしい地位と、かぎりない権勢《けんせい》と栄華《えいが》を提供することができる。私の申し出にイエスといってくれれば、それだけでいいんだよ」

「ドラよけお涼」にプロポーズするなどタダモノではないと思っていたが、こいつはタダモノでなさすぎる。兵頭、中神、百目鬼らを処分したのも、役に立たぬ子分どもをかたづけるという本来の意味をこえて、自分の力を誇示《こじ》するためだろう。

「ドラよけお涼」にないものを、七条は持っている。それは「おぞましさ」だ、と、私は思った。

「どうだね、涼子クン、私のプロポーズを受けてくれるかね」

涼子はかるく肩をすくめた。

「そうね、女性を見る目が高いことだけは認めてあげる。でも、あんたは根本的なところでカンちがいしてるわよ。だから、答はノー。あんたのプロポーズは受けられないわ」

七条はまばたきして涼子を見なおした。

「私が？　何をカンちがいしているというのだ。私ほど君を理解し、正当に評価している者はいないと思うがね」

わざとらしく涼子は溜息《ためいき》をついてみせた。

「わからない？　しようがないわね。泉田クン、君ならわかるでしょ、この苦労知らずのおボッちゃんに、どこがまちがってるか教えてあげなさい」

このとき由紀子の溜息も聞こえた。これはひと安心の溜息だ。涼子がイエスといったら、と、身がまえていたのだろう。

「正直にいっていいんですか」

「もちろん。正直に、あたしの真価《しんか》について語ってくれればいいの。どうもお由紀はあたしを過小評価してたみたいだけど、泉田クンはそんなことないよね」

あまり期待されてもこまる。だが、とにかく私は七条に向きなおった。

「あなたは根本的にまちがってる、と、私も思いますね」

「どういうところがだね」

七条の皮膚の下で、怒気《どき》がうねっているのがわかった。

「薬師寺涼子という女《ひと》には、対等なパートナーなんか必要ないんです。彼女に必要なのは忠実な子分だけです」

七条を見すえて、私は言葉をつづけた。

「だから、あなたの申し出なんて、お笑いぐさでしかありません。あなたは身のほど知らずなんですよ、あくまで彼女から見てのことですけど。これが答ですが、正しかったでしょうか」

最後の問いは涼子に向けてのものだ。

「泉田クンのいうとおり。あたしに対等なパートナーなんて必要ないの。すこしだけ補足《ほそく》するなら、子分にしても忠実なだけじゃだめ。有能でなくちゃねえ」

涼子は胸をそらせて高笑いした。シルクハットが頭から落ちかけたほどだ。

「で、あんたがどうしてもとアイガンするなら子分にしてやってもいいけど、泉田クンにわかることがあんたにはわからなかったんだから、能力と識見《しきけん》において劣《おと》るということよね。泉田クンの弟分《おとうとぶん》として、しばらく修行しなさい。それがイヤなら、あたしのことはあきらめて、そうね、お由紀にでもプロポーズしたら?」

「イヤッ！」

一瞬どころか、半瞬で、七条熙寧は室町由紀子にもフラれてしまった。黒魔術の王子さまは屈辱《くつじょく》の闇のなかに立ちつくした。

V

呼吸をととのえると、七条は涼子に問いかけたが、すでに声から余裕は失われていた。

「たいそうな自信だが、世の中には君よりすぐれた人間がいないとでもいうのか」

「もちろんいるわよ、何人か。でも、それはあんたじゃないわね」

涼子はせせら笑った。

「あんたはさっき中神や百目鬼にお説教《せっきょう》したわね。自分以外の者の力をあてにしてるのがみぐるしいって」

たしかに彼はそういった。

「でも、それをいうなら、黒魔術そのものが、自分以外の者の力を借用《しゃくよう》することじゃないのさ。預金者からあずかったおカネを自分自身の財産と思いこんでるバカな銀行家がいるけど、あんたはそいつらとおんなじよ。ケチくさい魔術で他者の力を借用したら、いつか利子《りし》をつけて返さなきゃならないのよ。相手が高利貸《アイスキャンデー》しでなきゃいいけどね！」

「……よろしい、よくわかった」

七条は声を押しころした。

「何がわかったのさ」

「君が私の花嫁にふさわしくないということがだ！」

七条の両眼に松明《たいまつ》の火が燃えあがった。彼は両手を高くあげてどなった。

「偉大なる老カッサーブの名にかけて……！」

その部分だけは日本語だったので、私にも理解できた。だが、それにつづく呪文《じゅもん》は、とうてい理解できるものではなかった。

「Al, el, yemlua, med, refeguas, chevy, trutnov……」

私は内ポケットからトカレフを引き出そうとしたが、思うように手が動かない。地球の重力が三倍にもなったようだった。室町由紀子もまたコルトをとり出そうとして、目に見えない何者かに妨害《ぼうがい》されているようだ。

七条の右手の指で、鋭い爪《つめ》が長く長く伸びた。それで左手首をかき裂くと、血が噴き出す。床に落ちた血の一滴一滴から、しゅうしゅうと音をたてて白煙があがりはじめる。

「この魔女を亡《ほろ》ぼした者は祝福されるであろう。人界の真理をもとめ、天界での序列《じょれつ》を高めんとのぞむ者は、主《しゅ》なる者の敵を亡ぼせ！」

また日本語の叫びだった。

「この魔女」というのは、薬師寺涼子のことだろう。そう呼びたくなる気持は、じつによくわかる。しかし、そうなると私なんかは魔女の子分というわけで、カラスかヒキガエルの役まわりかもしれない。

「さて、こうなると、やることはひとつね」

「逃げるんですか」

「反撃のための時間をかせぐのよ」

表現はべつでも、行動はおなじだった。

私たちは走り出した。といっても、由紀子はまともに走れない。つんのめりそうになるのを、横あいからかろうじて私がささえた。

「しかたないわ、わたしを置いていって」

「そうはいきませんよ」

「こら、こんなところで戦友《せんゆう》ゴッコしてる場合か！」

振り返った涼子が叱咤《しった》する。私は由紀子を右の肩につかまらせて、何とか走りつづけた。眼の前で、涼子がハイヒールのかかとを鳴らして疾走《しっそう》している。どうやったらハイヒールをはいてあんなにダイナミックに走れるのだろう。

ゴルゴンの前に来たとき、涼子が叫んだ。

「やつの眼を見たらだめ！　石になるわよ！」

科学的な根拠など問い返してはいられない。私はゴルゴンから眼をそむけた。その姿勢でゴルゴンの前を走りすぎる。一瞬、ゴルゴンの頭の蛇がゆらゆらとうごめいたような気がした。

建物内のいたるところで空気が振動し、異様な音がひびいた。七条が怪物の群を呼びおこしているのだろう。

怪物たちにつかまったら、どんな殺されかたをするやらわからない。ゴルゴンの眼を見て石になるのは、ましな死にかたのほうかもしれなかった。

「もしあの怪物たちが建物の外に出たらどうなるの？」

息を切らしながら由紀子が問う。

「考えたくもありませんね」

正直に私は答えた。

涼子が振り向く。

「そうなったら総理大臣が何とかするでしょ。日本を救うのが使命なんだから。そうなる前に、泉田クン、あたしの参謀長らしい知恵を出してみてよ」

「ですから、私は怪物と戦うために警察にはいったんじゃないんですってば」

「あたしにいってもムダよ、怪物にいいなさい」

「あなたも外務省にはいったほうがよかったんじゃありませんか。書記官で苦労しても、いったんどこかの大使になったら、国民の血税で貴族さまみたいな生活《くらし》ができたのに」

「ゲリラにおそわれるかもしれないわよ」

「そのほうがましですよ。すくなくとも相手は人間でしょ」

外のようすはどうなっているのだろう、と、私は思った。さわぎが大きくなって機動隊が駆けつけてくれれば、すこしは心強い。ただし、ほんとうに役に立つかどうかはわからない。

「せっかく消防車も来てるんだし、やっぱり火をつけてやろうかな」

涼子がいう。いうと思った。

「それで煙に巻かれて死んだりしたら、いいもの笑いですよ。それよりも、ひとつ尋《き》いていいですか」

「何よ」

「いったい悪夢館《マルペルチュイ》というのは何ですか」

私の問いに、涼子は、考えこむこともなく明快に答えた。

「アルファベットだとMalpertuis。ベルギーの作家ジャン・レイが紹介した黒魔術の館よ。黒魔術師の名は老カッサーブ」

「七条がとなえていた名前ですね」

「そう。老カッサーブは黒魔術を使って、退化《たいか》し衰弱した異教《いきょう》の神々や怪物を剝製にしてたの。それを集めて閉じこめた場所がマルペルチュイ、つまり悪夢館」

私たちはいくつめかの角を曲がった。その間にも会話はとだえない。

「七条のやつ、ヨーロッパ留学の間に、老カッサーブの黒魔術を学んできたにちがいないわ。それに家伝《かでん》の陰陽道《おんみょうどう》やら反魂術《はんごんじゅつ》やらを加えて、東西文化交流の実《じつ》をあげたってわけね」

「そういうの、文化交流っていうんですか」

私たちはとりあえず一階から建物の外へ出ようとしたのだが、階段ホールに出たとき、頭上に異様な影が飛んだ。翼が空気を波だたせ、黒っぽい異形《いぎょう》のものが天井のシャンデリアにとまったのだ。

有翼人が私たちを見おろす。その左眼がつぶれている。思わず立ちどまって見あげる私たちに、有翼人は翼を激しく動かしてみせた。そして、おどろくことに人語《じんご》を発したのだ。

「お前、たち、ここから、先、行かせない」

歯車のきしるような声だった。

「へえ、日本語をしゃべれるんだ、これは意外」

感心したように涼子がつぶやく。他のふたりは声も出ない。

有翼人の右眼は深刻《しんこく》な憎悪をたたえてぎらついていた。骨と腱《けん》だけでつくられたような指がゆっくりと私をさし示した。

「私、このノッポの、刑事を、殺す意思、たいへんたくさん、所有している」

そんなもの所有しなくていいんだよ、といってやりたいが、話が通じそうになかった。

奇声《きせい》を高くあげて、有翼人はシャンデリアから舞いあがった。

第八章　椅子《いす》は口をきかない

I

薬師寺涼子《やくしじりようこ》と室町由紀子《むろまちゆきこ》と私とは、三人あわせて二本のステッキと二丁の拳銃を持っていた。私が持っていたのは、兵頭《ひようどう》から拝借《はいしやく》したままのトカレフ拳銃だ。とっさに対応に迷ったが、

「泉田《いずみだ》クン！」

声と同時に涼子がステッキを投げ、私はそれを受けとめるが早いか、思いきり前方に突き出した。

その瞬間、左眼をつぶされた昨夜の記憶がよみがえったのだろう。有翼人はうろたえ、突き出されたステッキをかわした。

空中で姿勢《しせい》がくずれ、有翼人は失速《しつそく》した。床に翼がふれそうになり、あわてて上昇する。

すかさず由紀子がステッキを突きあげたが、左足首をくじいているので、いまひとつ身体も伸びず、力もこもらない。たいしてダメージを与えることはできなかった。

「撃ちなさいよ！　むこうはエンリョなんかしないんだから！」

涼子がはがゆがる。

これが五分前であったら、ためらわず射殺していたかもしれない。だが、人語《じんご》をしゃべるのを聞いてしまうと、ただの怪物とみなすことは、もはやできなかった。

またもや有翼人はおそいかかってきた。翼をはためかせ、長い細い強靭《きょうじん》な腕をふるって私の顔をなぐりつけようとする。なぐると同時に、爪《つめ》を突きたてて肉をえぐろうというのだ。

暴風のような殴打《おうだ》を、かろうじて私はかわした。かわしはしたが、身体のバランスをくずした。大きくよろめいた姿勢をたてなおすことができず、床に倒れこんでしまう。

とっさに身体を丸め、転倒の衝撃を最小限にとどめたのは、私としては上できだった。だが床の上で二回転して身をおこしたとき、眼前《がんぜん》に有翼人の顔があった。憎悪《ぞうお》と勝利感に赤くかがやく右眼。うなりを生《しょう》じて急接近する爪。

私の手にはステッキがあったが、この姿勢、この距離ではふるいようがなかった。せめて眼をかばおうと左腕をあげかけたとき。

有翼人が吹っとんだ。

横あいから、涼子が有翼人の脇腹《わきばら》を蹴《け》りあげたのだ。ハイヒールの尖端《せんたん》が深く、したたかに胴にくいこんだ。

涼子は武器を持たず、素手《すで》だったが、ただの一瞬も攻撃をためらわなかった。よくいえば全身、勇気のカタマリ。悪くいえば破壊衝動のゴンゲ。いずれにせよ、私が助けてもらったことはたしかだ。

有翼人は絶叫《ぜっきょう》を放った。床の上一メートルあたりの低空で苦悶《くもん》して身を折る。

昨夜、左眼をつぶされたことといい、今夜のことといい、考えてみれば気の毒なことだが、私としてもおとなしく殺されてやるわけにはいかない。

私はできるだけすばやく体勢《たいせい》をたてなおし、有翼人の頸《くび》すじに、思いきりステッキをたたきつけた。

有翼人はもんどりうち、頭から床に突っこんだ。激しく翼が波うつ。右の翼が床に着いた瞬間、涼子がハイヒールに全体重をかけて翼を踏みつけた。

あとはもう何がナンだか。由紀子まで左足をひきずりながらやってきて、夢中でステッキを振りおろしていたようだ。

「袋だたき」とは、まさにこのこと。有翼人はくりかえし悲鳴をあげ、両手で頭をかかえた。その手にもステッキが鳴って、爪《つめ》が折れ飛ぶ。

「そこまで！」

涼子が叫んだので、由紀子も私もステッキをおろしてしりぞいた。

有翼人は舞いあがった。血と涙にまみれた姿で、よろめきながら空中へと逃げ出したのだ。天井にぶつかったとき、ひときわあわれっぽい声を出した。するとその声に応じてもう一匹の有翼人が廊下の角から姿をあらわした。私はステッキをにぎりなおしたが、二匹めの有翼人は傷ついた仲間を空中でささえ、兇悪《きょうあく》な人間たちに呪《のろ》いの視線を向けると、廊下の角をまがって私たちの前から消え去った。たぶん永久に……。

いちばん敵に無慈悲《むじひ》な涼子が、由紀子や私を制止した理由はすぐにわかった。あらたな敵、むろん無傷《むきず》の強敵があらわれたからだ。こんどは床の上に。

しゅるしゅると何かをこすりたてるような舌音《ぜつおん》をたてて、私たちのほうへ近づいてくるのはヒュドラだった。

七つの頭を持つヒュドラは、ただひとつの尾の尖端《せんたん》まで全長が七、八メートル。胴の直径が三〇センチというところだろうか。一四個の眼は、濁《にご》ってはいるが強い光を放ち、七本の長い舌は新体操のリボンみたいに宙でくねっている。

私の全身を悪寒《おかん》が走りぬけた。私はクモは平気だがヘビはきらいな人間である。剝製《はくせい》になって動かない状態ならそれほどでもないが、いったん生きて動き出した日には。それも事実上、七匹もうじゃうじゃと……。

ちらりと横を見ると、室町由紀子も立ちすくんで動けずにいる。人類を二分する「クモぎらい派」と「ヘビぎらい派」のうち、彼女も私と同類であるようだ。涼子はちがった。

「ヘビなんて、どこがこわいのよ！　こっちが毅然《キゼン》としてたら、あいつら手も足も出せやしないんだから」

ヘビが手も足も出せないのはあたりまえだ。

「こわいんじゃないんです、苦手《にがて》なだけで」

何とかいい返したが、涼子は相手にしなかった。

「ヒュドラは首を斬り落としても、すぐあたらしい首がはえてくるのよ。だから、全部の頭をたたきつぶすか、焼き殺すしかないわね」

「あなたは焼き殺したいんでしょうけど、だめですよ、やたらに火をつけたりしちゃ。このうえ放火罪まで加わっちゃたまらない」

「だいじょうぶだってば。どうせ罪はぜーんぶ中神《なかがみ》や百目鬼《どめき》に押しつけるんだから。オホホホ、死人に口なし。あらゆる事象《じしょう》を浄化するステキなコトワザね。『勝てば官軍』のつぎに好きよ」

「人が恕《ゆる》しても天が恕さないということがあるのよ、お涼！」

「うるさい、天がそんなにモノワカリが悪くて、あたしのジャマをするなら、いずれ結着《けっちゃく》をつけてやるだけよ！」

「お願いですから、こんなときに不毛なケンカはよしてください！」

ヒュドラがたけだけしく動いた。涼子と由紀子と私は三方向に跳《と》びのいた。由紀子も右足だけで跳んだのだ。すると、三人が形づくった正三角形のまんなかで、ヒュドラの動きが突然とまってしまった。

七つの頭が三派に分かれて、それぞれ別方向をねらったので、ひとつだけの胴は動きがとれなくなってしまったのだ。七つの首を三つの方向に向け、むなしく胴をくねらせる姿を見て、私たちはひとしきり笑わずにいられなかった。涼子が頭上を見あげ、天井《てんじょう》の巨大なシャンデリアを確認した。

「お由紀、銃をおよこし！」

すこしためらってから由紀子がコルト三二口径《こうけい》を放ると、あぶなげなくそれを受けとめた涼子は、天井に向けて撃った。いや、ねらったのはシャンデリアをささえている三本の鎖《くさり》のつなぎめで、一弾でそれを撃ちぬいたのは神業《かみわざ》というしかない。もっと口径の大きい強力な銃ならともかく……。

巨大なシャンデリアは大気を引き裂いて落下した。

局地的に地震がおきた。「悪夢館《マルペルチュイ》」全体をゆるがす震動と轟音《ごうおん》。

一瞬にしてヒュドラの七つの頭は押しつぶされ、金属とガラスの破片が飛散《ひさん》した。舞いくるう塵埃《じんあい》のなかで、なお生きている長大な蛇身が踊りまわっていたが、しだいに動きがすくなくなり、ついにやんだ。

「オッホホホ、一丁あがり。あっけないものね」

うそぶく涼子を、由紀子が詰問《きつもん》する。

「わざわざシャンデリアを落とす必然性があったの⁉」

「うるさいわね。必然性よりあたしらしさのほうがダイジよ！」

何のこっちゃ。

それにしても、よみがえった怪物たちがきちんと連係《れんけい》プレイをやっていたら、私たちに勝《しょう》算《さん》はとぼしかったろう。だが、彼らはたがいに協力したり連絡したりすることがまったくなかったから、私たちは各個撃破《かっこげきは》することができたのだ。

「ギリシア神話でいうと、エキドナは、ヒュドラやキマイラの母親だったと思うけど……」

「わが子の仇《かたき》をとりに来ますかね」

「さあ、そういう感情があるものかしらね。本人、といえるかどうかわからないけど、せっかくだから尋《き》いてみようか」

「せっかくだから？」

私が聞きとがめると、涼子は無言でステッキをあげ、私の背後を指《さ》ししめした。

振り向きたくなかったが、私は振り向くしかなかった。そして見た。つい五メートルほどの距離にヒュドラの母親がせまっているのを。

II

エキドナは上半身が人間の女性で、下半身が大蛇だ。古代ギリシア風に髪を結《ゆ》った顔は、女神めいた美しさだった。だが、口をあけたとき、するどくとがった歯の列が見えて、その正体をさらけ出している。

「気をつけて！　エキドナは人肉が大好物なんだから」

涼子が、楽しくない事実を教えてくれた。

エキドナは、ある意味でヒュドラよりしまつが悪い。上半身が人間だから、当然、腕があるのだ。いっぽう足がないから足音をたてずに敵に近づくこともできる。

私は跳《と》びのいた。エキドナは信じられないほどの速さとなめらかさでおそいかかってきたのだ。エキドナの左手は私をねらって間一髪《かんいっぱつ》で空《くう》をつかんだが、右手は低い位置から由紀子の右脚をすくっていた。

由紀子は横転《おうてん》した。彼女は勇気も根性も武道《ぶどう》のたしなみも非凡なのだが、左足首をくじいているため、どうしても反応速度がおそくなってしまう。

エキドナの手が、倒れた由紀子の足首をつかんだ。

由紀子が悲鳴をあげた。恐怖ではなく苦痛の悲鳴だった。エキドナがつかんだのは、由紀子のくじいた左の足首だったのだ。

「室町警視、ステッキを！」

私がどなるまでもなく、由紀子はステッキをつかんでいたが、激痛のために、エキドナをなぐりつけるどころではない。

「えーい、とろいやつ！　でもあの苦悶の表情にそそられるアホな男もいるかもね……しかたない、泉田クン、助けておやり！」

涼子のことだから、いつかシビアに借りを返させるにちがいないが、いずれにしても放ってはおけない。私はトカレフの銃口をエキドナに向けたが、人間の女性の姿をした上半身を撃つのはさすがにためらわれた。

「人間もヘビもおなじ地球の生物。生命の重さにかわりはない。差別してはいけない」

そういう崇高《スウコウ》な理念を持つ人々から見れば、私のやったことはとんでもない暴挙《ぼうきょ》だったにちがいない。

蛇身に二発の銃弾を撃ちこまれて、エキドナはすさまじい叫喚《きょうかん》をあげた。ただ大きいというのではなく、生理的嫌悪感を強烈にかきたてる声だ。すりガラスを釘《くぎ》でひっかく音を一〇〇倍に増幅《ぞうふく》したら、エキドナの叫喚になる。ためしてみたい人はどうぞ。

私は人生で最大級の忍耐力をふるい、由紀子の足首をつかむエキドナの手を払いのけた。その間に、涼子が由紀子の両手をとり、エキドナの手のとどかない範囲に引きずり出す。

「交替！」

女王さまのひと声で、私はトカレフをポケットにつっこみ、由紀子の背中と両ひざの裏に腕をまわしてかかえあげた。同時に、あらたな影の出現に気づいた。プロレスラーの屈強《くっきょう》な巨体に、牛の頭。ミノタウロスだった。

前後をはさまれた！

由紀子を抱いたまま、私は立ちすくんでしまったが、涼子がすばやく周囲を見まわし、横に伸びる廊下《ろうか》の存在に気づいた。

「こっちよ、早く！」

まがったところにもっと危険な怪物が待ちかまえている可能性もあるわけだが、そんな予測を立てている場合ではない。ステッキをかついだ涼子につづいて、私は由紀子をかかえながらその廊下に飛びこんだ。

五、六歩走って後ろを振り向くと、じつにつごうのいい光景を見出した。二頭の怪物がたがいにあらそっているのだ。

ミノタウロスとエキドナは、猛然と組みあっていた。

VTRで見た昔のハリウッド映画のような光景だった。レイ・ハリーハウゼンが特殊撮影《SFX》を担当したギリシア神話ものだ。だが映画にはないものがあった。臭気《しゅうき》だ。二頭の怪物は口から毒のある息を吐いている。死ぬことはないにしても、まともに戦うより逃げ出すほうを選ぶのが当然だった。

腕力だけの勝負ならミノタウロスが圧勝するところだが、エキドナは下半身が大蛇だ。蛇身をミノタウロスの胴に巻きつけ、強烈にしめあげた。人間ならたちまち肋骨《ろっこつ》も背骨もへし折れ、内臓が破裂する。悶絶《もんぜつ》したところをエキドナにむさぼり食われてしまうのだ。

だが、エキドナの蛇身には、すでに私が二発の銃弾を撃ちこんでいた。しめつける力は弱っている。ミノタウロスは胴をしめあげられるのにかまわず、左の手でエキドナの咽喉《のど》をしめ、右手の巨大なこぶしでエキドナの顔を乱打《らんだ》した。人間の男とちがって、顔の美しさにまどわされないようだ。

シルクハットもステッキも失った由紀子をおろし、肩を貸して歩かせる。結局これがいちばん速いのだ。二度ほど角をまがり、さいわい裏手の階段ホールに出たので、そこを降りて一階のホールに出た。だが、ほどなく背後に、重々しく力強いミノタウロスの足音がせまってきた。

ひとまず玄関から外に出ようとして、私たちの足はとまってしまった。分室次長補佐の鍛《か》治《じ》が、よごれたスーツに髪を乱して立っていたのだ。私たちの姿を見ると、敵意にみちた表情でとがめだてた。

「お、お前ら、よくも財務省の神聖な施設にはいりこんだな」

「バカ、逃げろ！」

私はどなったが、鍛治の眼光はすでに正気を失っていた。手に小さな笛《ふえ》のようなものを持っている。

「お前らみたいに身分のいやしいやつらが、財務省の施設にはいれると思ってるのか！　ここは選ばれた人間だけがはいることを許されたエリートの館だ。ノンキャリアは出ていけ、民間人も出ていけ。身のほど知らずのやつらはみんな出ていくんだあ！」

鍛治は笛をくわえて吹き鳴らした。いや、力いっぱい吹いたのに何の音もしなかった。ミノタウロスが左右を見まわす動作をする。ほどなく、たけりたつ犬の声が急接近してきた。私はさとった。鍛治が吹いたのは、人間の耳には聞こえない波長の音を出す犬笛《いぬぶえ》だったのだ。

五頭のドーベルマンが、咆《ほ》えたけりながらホールに駆けこんできた。侵入者を嚙み裂《か》《さ》く喜びに牙をむき、よだれをたらし、先をあらそって。

そこでドーベルマンは遭遇《そうぐう》したのだ。巨大な侵入者、いままで見たこともない異形《いぎょう》のものが、むっつりと犬たちを見おろしていた。ひときわ激しく咆哮《ほうこう》すると、ドーベルマンの一頭が床を蹴った。ミノタウロスの太い首をねらって牙をひらめかせる。

ミノタウロスの両手がドーベルマンの上下のあごをつかんだ。まったく無造作《むぞうさ》に、左手をあげ、右手をおろす。

ドーベルマンの身体は、口からふたつに裂かれていた。血と内臓の雨が床にたたきつけられたとき、もう二頭めのドーベルマンが、脳天《のうてん》を巨大なこぶしでたたき割られている。三頭めがミノタウロスの腿《もも》のあたりにくいついたが、こぶしがうなりをあげると、鼻面《はなづら》を打ちくだかれて床にずり落ち、全身を痙攣《けいれん》させた。

残る二頭のドーベルマンは、文字どおりの負け犬になった。恐怖と敗北感にたたきのめされ、尾を股の間にいれ、あわれっぽく鳴きながら逃げ出した。

「あーら、根性のないこと。さすがにお役所の飼犬ね。弱きをくじき、強きにこびるあたり、飼主そっくり」

そんな場合ではなかろうに、ココチよげに涼子は犬たちに冷笑をあびせた。どんなときでも、気にいらない相手をからかうことは忘れない。人だろうと犬だろうと怪物だろうと、その点は涼子は公平である。

絶望のあまり、鍛治はよろめいた。転倒するのをさけようとして、あわただしく両手両足を泳がせる。よりによって、ミノタウロスに向かってよたよたと近づいていく形になった。

こうなったら他に方法がない。私はトカレフの銃口をミノタウロスに向けた。だが、銃口とミノタウロスをむすぶ線上に鍛治がはいりこんで、撃つに撃てない。一瞬ためらう間に、ミノタウロスが鍛治につかみかかった。

この日、何度めのことか、おそろしい悲鳴が耳をたたいた。無言で、涼子が私の袖《そで》を引っぱった。力およばず、と自覚して、私は肩で由紀子をささえ、涼子とともに玄関へ急いだ。

「泉田クン、意見を聞きたいんだけど」

「何でしょうか」

「ミノタウロスの肉って、牛肉かしら、人肉かしら」

「牛肉だとしても、食べる気にはなりませんね」

玄関から外に出ると、喧騒《けんそう》が私たちをつつんだ。いつのまにか雨はほとんどやみ、霧のような水気が一面に立ちこめている。門が開いて、消防車が前庭にはいりこんでいた。外に出ようとする車も何台かあるが、消防車にさえぎられて動けない。消防車のサイレンに、クラクションがまじって、何ともさわがしい。消防士がいる。パーティーの出席者がまだ右往左往《うおうさおう》している。高校生も何十人かはいりこんでいた。建物を指さしながら、携帯電話《ケータイ》で誰かとしゃべっている者もいる。

私たちが出ていくと、駆けよろうとした消防士がぎょっとしたように立ちすくんだ。私たちのあとを追うように、ミノタウロスが姿をあらわしたのだ。

III

みんなが悲鳴をあげて逃げ出すだろう。そう私は思ったのだが、みごとに予測ははずれた。からかい、あざけるような大声が、ミノタウロスにあびせられたのだ。「だせー」とか

「カッコわりー」とか、そういう台詞《セリフ》だった。これであと「かわいー」が出てくれば、こいつらのボキャブラリーは底をつくだろうな。

声だけではない。コーラの瓶《びん》やらポップコーンの袋までが、ミノタウロスに向かって飛びはじめた。ありふれた群集心理だ。ただ、瓶や袋を投げられるほうは、ありふれた存在ではなかった。ミノタウロスは、ひと声ほえると、引きちぎった鍛治の身体を、群衆に投げ返したのだ。

血にまみれ、内臓をはみ出させた人体の半分。それが音をたてて地面に投げ出されたとき、群衆ははじめて、これがTV番組でもぬいぐるみショーでもないことに気づいた。はじめて悲鳴があがった。

「やっべー」とか「マジかよ、逃げろ」とか、日本語の乱れをいきどおる文化人たちなら、怒りで卒倒《そっとう》したくなるような台詞である。とにかく彼らは門の外に逃げ出そうとして、消防士とぶつかったり、消防車のホースにつまずいてころんだり、さらにさわぎは大きくなった。

人命に差のあろうはずはないが、高校生のなかから死者を出すわけにはいかなかった。彼らは携帯《ケータイ》電話の情報網で、涼子に呼び集められたのだ。死者が出て、事情が知られれば涼子の責任になる。「高校生ともなれば、自己決定、自己責任」などと原則論をとなえてはいられない。

ミノタウロスはゆっくりと前庭を歩きはじめた。門へ向かっている。もし門の外へ出てしまったら、昨夜の銀座をしのぐ大騒動になるだろう。

「ま、そうなったらなったでおもしろいけど、いちおうとめるふりをしないとね」

涼子がいうので、私は由紀子を前庭の植えこみの蔭《かげ》にすわらせた。涼子とふたりでミノタウロスに向かって早足で歩く。我ながらよくはたらくことだ。

そう思ったつぎの瞬間、私は涼子をかかえるようにして横へ飛んだ。

ななめ後方から、黒ぬりのベンツが突進してきたのだ。私たちをねらったわけではなく、これまで外へ逃げ出す機会をねらっていたのが、門が開いたので、強引《ごういん》に突破をはかったのだろう。

ベンツの後部座席の窓には黒いフィルムがはってあるので、乗客の姿は見えない。いずれにせよ、こんな場所にいることを知られれば、つごうの悪い人物にちがいなかった。ナンバープレートは丸見えなのだが、これはいまさら隠しようがない。

ベンツはさらに暴走し、不運な消防士をひとりはね飛ばした。べつの車に衝突し、さらにひとりをはねそうになって方角を変える。その前方を、まさにミノタウロスが横切ろうとするところだった。

半面にベンツのライトをあびたミノタウロスが、緩慢《かんまん》に向きなおる。同時に、突っこんできたベンツとぶつかった。鈍い重い音。

信じられないことに、ミノタウロスは全身でベンツを受けとめた。ボンネットにしがみつくような形で、押されながらも車体をかかえこんだ。持ちあげようとする。ベンツの運転手がさらにアクセルを踏みこんだらしく、ベンツはミノタウロスをしがみつかせたまま前方に躍《おど》り出た。ミノタウロスの巨体に視界をさえぎられ、二重三重のパニックにおちいったのだろう。減速《げんそく》するどころか、くるったようなスピードでコンクリートの塀に突っこんでいった……。

「どうやら、手間はハブけたらしいけどね」

立ちあがった涼子が肩をすくめた。私は彼女の足もとに落ちたシルクハットをひろいあげて彼女に差し出した。塀に激突して大破炎上《たいはえんじょう》するベンツの炎が、放水をぬって、私たちに光と影の波だちを運んでくる。いつのまにか由紀子も私たちと並んで立ち、炎につつまれたベンツとミノタウロスの姿を、やや茫然《ぼうぜん》と見やった。

三人ほどの消防士が興奮したようすで駆け寄ってきた。

「あんたたち、こんなところで何をしてるんですか。あぶないからどいたどいた！」

ここぞとばかり、ふたりのキャリア官僚は名乗りをあげた。

「あたしは警視庁刑事部参事官、薬師寺警視！」

「警視庁警備部参事官、室町警視です！」

ふたりの美女に名乗られて、消防士たちは立ちすくんだ。目の前に存在するあでやかな姿と、彼女たちの名乗る肩書《カタガキ》との間に落差がありすぎて、脳の回線がショートしたらしい。目と口を開きっぱなしにして、たぐいまれな曲線美をひたすら観賞《かんしょう》している。

「さっさと正気にもどりなさいよ！」

涼子がわずかに右脚を引いたので、いそいで私は進み出た。涼子の必殺の蹴りを股間《こかん》にくらいでもしたら、この消防士たちの人生は私生活の面で終わったも同様である。

「警視庁刑事部の泉田警部補です。事情は後で説明しますが、ただちに警察に連絡してほしい。機動隊の出動を要請《ようせい》してください」

「あ、はい、はい……」

夢からさめたように、消防士たちはうなずく。このようなとき消防署にはどのようなマニュアルがあるのだろう。

「それと、この女を救急車に放りこんで病院につれていくのよ、わかった⁉」

由紀子は涼子に背中を押されて前に出たが、振り向いて抗議した。

「わたし、まだ充分やれるわ。かってなことといわないで！」

涼子がはねつける。

「あんたはジャマなの！　足手まといなの！　さっさとリタイアして治療を受けなさい。そしてその間に、今夜のことをどう合理的な説明でごまかすか、ない知恵をしぼりなさいよ」

なお由紀子が何かいいたそうなので、私が「通訳」した。

「お願いします、室町警視。ご存じのとおり薬師寺警視はオンビンな処理なんてできない女《ひと》ですからね。アクションは私たちがやりますから、どうかそちらをお願いしますよ」

そこへ、「皆さあん」という声がして、岸本がよたよたと駆けて来た。どこで息をひそめていたのやら。両手には紙袋をさげたままだ。

「ほら、岸本警部補につきそってもらって、病院へ行ってください。万事おわったらきちんと報告しますから」

「わかりました、そうするわ。お涼が暴走しないよう、くれぐれもよろしくね」

由紀子がうなずいてくれたので、私は涼子に「行きましょうか」と声をかけた。涼子は岸本を呼びつけ、自分の服のはいった紙袋の中から、まずコンパクトをとりだして燕尾服《えんびふく》のポケットにおさめた。つぎに、おりたたんでいれておいた余分《よぶん》の紙袋をふたつとりだし、かさねて二重底の紙袋をつくった。それがすむと彼女は私に紙袋を持たせ、だまって歩き出した。なぜだかちょっと不機嫌そうだった。数歩いったところで、涼子のつぶやきが聞こえた。

「お由紀のやつ、泉田クンのいうことなら聞くんだから!」

ごく初歩的なロールプレイング・ゲームの登場人物になってしまったような気がした。巨大な建物のなかを歩きまわって、つぎつぎとあらわれる怪物をやっつけていく。やっつければ得点がふえ、かえり討ちにあえばゲームオーバー。ただし現実世界にはリセットボタンというものはない。死者は生きかえらず、時間は逆流《ぎゃくりゅう》しないのだ。

私たちは、七、八分前に出てきたばかりの玄関のドアを反対方向にくぐった。

「もう全部やっつけましたかね……七条大臣の他は」

「残念だけど、まだ残ってるはずよ。それもいちばんヤッカイなのが」

「というと？」

「ゴルゴン」

涼子の声に怯《おび》えはなかったが、さすがに多少の緊張はあったように感じられた。

たしかにヤッカイな相手だ。神話どおりの魔力をゴルゴンが持っているなら——否定する材料はないが——眼をあわせたとたんに、人間は石になってしまう。

ホールから奥へとすすんでいきながら、涼子と私は前後左右だけでなく上下にまで気を配った。さいわい天井も墜《お》ちてこず、床が割れて地獄が口を開くこともなかった。だが、いつわりの平穏《へいおん》は三分で終わった。

前方の壁、廊下の突きあたりに異様な影が映《うつ》っていた。

人の影に見えるが、頭部が異様なのだ。太い髪が、あるいは伸び、あるいはちぢみ、うねりまわっている。太い髪と見えたのは、何十四もの小さなヘビだった。

廊下の角にゴルゴンがいる！　私たちを待ち伏せているのだろうか。

涼子と私はどちらからともなく足音をころして一〇歩ほど後退した。と、後方からは薄青い煙がただよってくる。火災報知機はなおヒステリックに鳴りつづけている。

「どうやら七条のやつ、ほんとに火をつけたらしいわね。泉田クン、覚悟はできてる？」

涼子が私の顔を見あげ、私はすぐに答えた。

「私は七条煕寧《しちじょうひろやす》の黒魔術より、ドラよけお涼の悪運を信じてますからね」

ウソではない。フシギなことだが、涼子といっしょにいると、どんな危険な局面《きょくめん》でもあまり恐怖や深刻さを感じないのだ。

「そう、そのへんの判断力の正しさが、君の長所よ。いつかもいったような気がするけど、あたしにくっついてさえいれば、君の未来はバラ色だからね」

「黒バラ色ですか？」

「何でそうかわいげのないことというかなあ、こいつは！」

ネクタイをつかまれて、私はぐいと引っぱられた。

「とにかく、作戦をたてたから聞いてよ。さっきのホールは吹きぬけになってて、二階から下が見おろせたでしょ」

「二階はホールをかこんで回廊《かいろう》になってましたね」

「そう、それを利用するのよ。いい？」

私のネクタイをつかんだまま、涼子は作戦を説明した。うまい作戦のようにも思えたが、必然性より見た目のハデさを重視しているようでもある。いずれにしても、涼子らしい作戦で、私としてはノーという気はなかった。

私のネクタイを放すと、涼子はずっとはずしていたサングラスをふたたびかけた。ハイヒールの音も高らかに、涼子が走り出す。T字形になった廊下を左へまがるとき、ほとんどスピードが落ちない。こんなことができるのは、日本中どころか世界中で薬師寺涼子ただひとりであろう。

私は壁にはりついた。ほんの二秒ほどの間を置いて、おぞましいゴルゴンの姿が廊下を左へ通りすぎた。涼子のあとを追っているのだ。足の爪先《つまさき》まで長衣《ちょうい》で隠れているのに、これまたおどろくべき速さだった。

「つまり、『ドラよけお涼』は、人間よりゴルゴンのほうに近いんだな」

そんなことを考えながら、私はゴルゴンのあとを追った。できるかぎり靴音《くつおと》をたてないようにしたが、ゴルゴンは後方をかえりみるようなことはなかった。

ほどなく、ゴルゴンは壁ぎわに立つ涼子を発見した。追いつめた、と思ったたろう。だが、涼子はサングラスをかけていた。両眼を開いているかどうか、ゴルゴンにはわからない。涼子につめより、うなり声をあげて威嚇《いかく》しながら、ゴルゴンは当惑し、ためらった。

そのとき、私は足音をころして忍びよっていた。うごめき、くねりまわる頭部の小へビたちの姿に、悪寒《おかん》を必死でこらえながら、私は後ろからゴルゴンの頭に二重になった紙袋をかぶせた！

IV

……すべての打ちあわせをすませて、私はひとり一階のホールに立った。トレンチコートのあちこちがゴルゴンのするどい爪《つめ》に切り裂かれ、なぐられたり蹴られたりした痛みが身体じゅうの神経をうずかせる。あざもできているにちがいない。

「七条大臣《しちじょう》!」

他に呼びようもないので、そう呼んだ。

「ここそこ隠れてないで出て来い。話があるんだ。あんたの頼りにしている手下どもは、もうみんなかたづけたぞ」

安っぽいプライドを傷つけるのが、戦術的にもっとも効果がある。そう涼子はいい、彼女は正しかった。ゆらり、と影がゆれて、七条熙寧《ひろやす》が私の前に立った。

「話とは何だね。涼子クンに見切りをつけて、私の臣下《しんか》になる気にでもなったのかな」

「ご冗談を。あんたはお涼に遠くおよばないよ」

できるだけ冷淡《れいたん》に、私はいってやった。七条の頬《ほお》がかるく引きつるのが見えた。正直なところ、ずいぶん気味が悪かった。兵頭《ひょうどう》のみじめな死体のありさまが脳裏《のうり》をよぎった。だが、涼子との打ちあわせどおりに事を運ぶほうがたいせつだ。さりげなく話をつづけた。

「あんたは黒魔術を悪用している」

いってから、このいいかたが変なことに気づいた。黒魔術はもともと悪用するものだ。そのことにやはり気づいたか、七条は、優等生が劣等生を見下す目つきをした。私のほうは、それに気づかないふりをする。

「いっぽう、お涼のほうは警察権力を悪用している」

「おなじではないか」

「ところが、ちがうんだな。この悪夢館《マルペルチユイ》のなかで、警察権力なんか何の役にもたたない。あんたはあいかわらず黒魔術という他者の力を借りているが、お涼は自分だけの力であんたと戦っている」

できるだけ憎らしげな表情をつくってみせた。が、成功したかどうかはわからない。

「だから、あんたは絶対にお涼に勝てないのさ」

「君に審判をやってもらおうとは思わんよ」

つまらなさそうに、七条は私をあしらった。

「だいたい君は、涼子クンが独力《どくりよく》で戦ってるようなことをいうが、冗談じゃない、君が彼女についていてやっているじゃないか。彼女こそ、さっさと私の前に出てくればいい……こそこそ隠れていずにな、ドラよけお涼！」

七条が最後にどなって口を閉ざすと、沈黙と煙とが彼と私の間に流れた。

それを破ったのはハイヒールの音だ。自信と覇気《はき》にみちたハイヒールの音が近づくにつれ、私にも奇妙な自信が生まれた。ハイヒールの持主がもくろむとおりに、一件は落着《らくちゃく》する。そう思った。

濃くなりまさる煙が渦まいて流れると、シルクハットに燕尾服《えんびふく》の美女があらわれて、魅惑《みわく》と邪悪にみちた笑顔をつくった。ふたたびサングラスははずしている。彼女の正体を知っている私でさえ、ほれぼれとせずにいられないような美しさだった。

「もういいわ、泉田クン、交替しましょ」

あらためて私は思った。七条が全能であろうはずはない。彼が全能であるなら、涼子を従《じゅう》順《じゅん》で忠実な花嫁にできるはずではないか。もっとも、従順で忠実な涼子に魅力があるかどうかは、またべつの話だろうが。

「では私は外に出てますが……ほんとにおひとりでだいじょうぶですね」

「だいじょうぶだったら。さっさとお行き。泉田クンはしょせんワキ役、魔術師サンも見のがしてくれるわよ。ワキ役相手にムキになるなんて大物らしくないものねえ」

涼子の視線に、七条はゆがんだ笑いで応じた。彼はたしかに、私などをまともに相手にする気はなかったのだ。

涼子は七条と一〇メートルほど離れて立ち、網タイツにつつまれた長いみごとな脚を絶《ぜつ》妙《みょう》の角度に開き、右手でステッキをついて左手を腰にあてていた。その姿は、まちがいなく七条の未練《みれん》と欲望をかきたてたことだろう。

「火災報知機が鳴って、消防車が駆けつけてから放火するなんて、ちょっとマがぬけてるんじゃない？」

「しかたあるまい。べつにここに永住するつもりでもなかったからね。この建物が崩壊しても、もっと豪華なものを建てればいい。国民の血税でね。今度は外務省白金台《しろかねだい》研修センターなんてのはどうかな」

七条は笑った。一秒ごとに濃くなる煙を通して、その顔の一部が私には見えた。

というのも、私は外になんぞ出ていかなかったからだ。玄関の脇にある通路から、裏手の階段を駆け上り、ホールを見おろす回廊に出た。這《は》って手摺《てすり》のそばまで行き、身を伏せて下のようすをうかがう。私のそばでは、頭に袋をかぶせられ、しばりあげられた捕虜《ほりょ》がうごめいている。

「……君は私の花嫁にふさわしくないが、だからといって殺すのは惜しい。その美しい肢体《したい》も驕慢《きょうまん》さも、失うのはじつに惜しい。だから私は決めた。君をあたらしい『悪夢館《マルペルチュイ》』に閉じこめて、飼育してあげよう。そして、憎んでいるはずの相手に屈服《くっぷく》していく歓《よろこ》びをじっくり教えこんでやるさ」

「安っぽいＳＭ小説の読みすぎじゃないの」

どうも的中したらしい。七条が反撃せず、一瞬だまりこんだので、涼子はカサにかかって嘲弄《ちょうろう》した。

「もしかしたら、と思ってたけど、やっぱりねえ。どこまでもダメな男だこと。SM小説なんて、ちゃんと恋愛ができないイクジナシの妄想を商品化しただけのものでしょ。一人前の男になりたいんだったら、現実の異性と対等の関係を結びなさいよ！」

「……君にだけはいわれたくないな」

にがにがしげに吐きすてると、七条は涼子の毒気を振りはらうようにひとつ頭を振り、両腕を高くあげた。

「まず、先ほどわざとめざめさせずにおいたキマイラを、君の前に出してあげよう。そいつをやっつけてから大口をたたくことだね。Almeoorus, furre……」

となえはじめた直後、七条はのけぞって手を顔にあてた。指の間から血が噴き出る。涼子がステッキを投げつけたのだ。ステッキは七条の足もとに落ちて、床の上でかわいた音をたてた。

「呪文《じゅもん》をとなえ終わるのを、手も出さずに待ってあげるほど、あたしがフェアだとでも思ってたの？　オーッホホホホ、オロカ者！」

鼻血を手の甲《こう》でぬぐいながら、七条は憤怒《ふんぬ》のうめき声をあげた。怒りの半分は、彼自身に向けられていたかもしれない。これほどアクラツで手におえない危険な女性を、七条は、花嫁にするつもりだったのだ。アクラツだからこそだったろうが、想像以上だったというわけである。

「あんたも男でしょ、いちおう。だったら力ずくで女をものにしてみせたらどうなのさ。それとも、素手《すで》の女ひとり自力でどうにもできないの？　泉田クンがここにいないんだから、思いきってやってみたら？　ああ、坊やは一対一じゃなあんにもできないのね、オホホホホ！」

女性からこのような挑発を受けて、逆上しない男がいるだろうか。いるとすれば、哺乳《ほにゅう》類《るい》のオスとしての本能を失った男だろう。七条は本能を失ってはいなかった。

「思い知らせてやる……思い知らせてやるぞ！」

どなると同時に、七条は涼子に向かって走り寄った。両手をひろげてつかみかかる。

まさに、その一瞬。涼子が叫んだ。

「いまよ！」

もう一度おなじことをやれといわれても、とうてい不可能だろう。私は女王サマの命令を完璧《かんぺき》に実行した。ゴルゴンの頭から袋をとり、間髪《かんはつ》をいれず手摺《てすり》ごしに放り出したのだ。

ゴルゴンはもんどりうって回廊からホールへと転落していった。その身体はホールの床に激突することなく、宙にさかさづりになった。足に結ばれたロープのためである。

「利子《りし》をつけて借金を返すときが来たのよ、ヘボ魔術師！」

その声は、はたして七条熙寧の耳にとどいただろうか。涼子に向かって突進した彼は、目の前に落ちてきたゴルゴンと、あやうくぶつかりそうになった。

さかさづりのゴルゴンと視線があった瞬間、彼は叫び声をあげた。これほど恐怖にみちた不快な叫びを、私はこれまでの人生で聞いたことがない。

そして叫び声が終わらぬうちに、七条の身体は石化《せきか》をはじめていた。着ているものまでふくめて、見る見る石化していくのだ。靴からスーツへ、咽喉《のど》から顔へ、蒼《あお》みをおびた灰色が駆けのぼっていった。そしてジャスト五秒で、口をあけたままの石像《せきぞう》が完成した。

こんな手のかかるワナをしかけたのは、涼子の妙なこだわりから来ていた。そもそも今回の事件は、七条が有翼人をあやつって、涼子の眼前に空から死体を投げ落とさせたことからはじまっている。だから終幕《しゅうまく》は、七条の眼前にゴルゴンを落としてやろう、というわけだった。

V

このとき私は回廊の上にいて、ゴルゴンをつりさげたロープの端《はし》をにぎっていた。ゴルゴンはホールの中央に顔を向けてさかさづりになっており、涼子はちょうど私の真下にいて、ゴルゴンの背中に呼びかけた。

「ゴルゴン、こっちをお向き」

ゴルゴンは空中で振り向いた。そして見た。無数の小ヘビを頭にうごめかせ、耳まで裂けた口に牙をむき出し、黄金色の眼をぎらつかせる女性の顔を。

それはゴルゴン自身の顔だった。涼子は顔をそむけながら、右手でコンパクトを突き出したのだ。蓋《フタ》の内側が鏡になっている。

ゴルゴンはうめいた。うめきながら石と化していった。七条とおなじく、蒼《あお》みをおびた灰色が皮膚をおおっていく。

顔面が石化し、頭部でうごめいていた小ヘビもすべて石化してしまうと、ゴルゴンをつりさげていたロープがきしんだ。

石化したことによって、ゴルゴンの体重は増大したのだろうか。ロープが切れ、反動で私は大きく後方によろめいて、回廊の床にシリモチをついた。下で重い音がひびいた。ゴルゴンの石像がホールの床に落ちて砕ける音だ。

「終わったわよ、泉田クン、おりておいで」

涼子の声を受けて私は立ちあがり、正面階段をおりた。駆けおりたいところだったが、奇妙な脱力感《だつりょく》があって、そうできなかった。

「とりあえず、おめでとうございます」

一階におりて私がいうと、かたむいたシルクハットをかぶりなおしながら涼子は応じた。

「そうね、とりあえずね。七条がほんとに偉大な黒魔術師なら、これぐらいで死にやしないでしょ。この石像を七条の家にかざっておけば、いつかゴルゴンの魔力もとけて石でなくなるんじゃないかしら。ま、あたしたちが老衰《ろうすい》で死んだあとのことにしてもらいたいけどね」

涼子が右腕を差し出したので、私はうやうやしく彼女の腕をとり、並んで歩き出した。なるほど、女王陛下と侍従長《じじゅうちょう》だ。

外に出ると、完全に雨はやんでいた。大都会の塵埃《じんあい》が洗い流されたようで、空気は澄《す》んでいるが温度はさらに低くなっている。火事はたいしたことはない。すぐに消火されそうだ。ただ、放水で内部は使えなくなるだろうが。

「寒くありませんか」

やや形式的に私が問うと、私の危険な上司《じょうし》は、皮肉っぽい目つきをした。

「あら、寒いといったらあたためてくれるの」

私が返答できずにいると、前方から見なれた姿が駆け寄ってきた。消防士と警官の群をかきわけて、岸本が声をかけてくる。

「いやあ、ほんとにお涼さまがご無事で、よかったよかった。あ、もちろん泉田サンもね」

両手の紙袋を、高々と岸本はかかげてみせた。

「ほら、このとおりボクも、生命《いのち》がけでおふたりの服を守りとおしましたよ」

「そいつはご苦労さん」

「いえいえ、たまにはお役に立たないと」

「それで室町警視は？　もう病院に運ばれたのか」

「いえ、あそこでお待ちしてます」

岸本が指さす。

救急車が三台ほど駐《と》まっている。そばの芝生《しばふ》に担架《たんか》がいくつか置かれて、そのひとつに室町由紀子が網タイツの脚を投げ出してすわっていた。左の足首には包帯《ほうたい》が厚く巻かれている。歩み寄る涼子と私の姿を見ると、安心したようすでかるく手をあげた。かなり友好的なサインだと思われたが、涼子は感銘《かんめい》を受けなかったようだ。

「何よ、病院に行かなかったの」

「ごめんなさい、あなたたちが無事に出てくるまで、ここを離れる気にならなかったの」

たぶん気のせいだろう。このとき由紀子は私のほうを見たようだった。もしそうだとすれば、今回の事件で私は涼子と由紀子の双方から「ごめん」といわれたことになる。妙な気分だ。

「足首は痛みませんか」

「救急《きゅうきゅう》救命士《きゅうめいし》の人に手当してもらったわ。単なる捻挫《ねんざ》だから、二週間もすれば問題ないって」

「それはよかった」

私は七条の「最期《さいご》」について短く由紀子に説明した。

「それでどうなのさ、ない知恵をすこしはしぼったんでしょうね」

ライバルが負傷していても涼子は容赦なんかしないのである。由紀子が問い返した。

「いまの警察庁長官が、退職したら参議院議員の選挙に出馬する予定なの知ってるわね」

「ええ、知ってうれしい話でもないけどね」

「長官が所属するつもりの派閥《はばつ》は、中神《なかがみ》代議士の派閥と仲が悪いわ。長官はよろこんで中神代議士の責任を追及するでしょう。恩を売りつけることもできるしね」

なるほど、あわれな中神代議士は七条の黒魔術で生命を失ったあげく、今夜の事件の責任をかぶせられ、派閥も解体させられてしまうわけだ。彼自身、いくつもの汚職事件にかかわり、そのたびに関係者が自殺したことで逮捕をまぬがれている。彼もまた「利子をつけて借金を返す」立場になったというわけであった。

「そして事件は被疑者《ひぎしゃ》行方不明につきうやむやになるわけですね。ほんとに『死人に口なし』だ」

「そうよ。この国の平和と秩序は、死者の沈黙によって守られてるの。ま、このふざけた『悪夢館《マルペルチユイ》』と西太平洋石油開発《ニシタイ》が道づれということで、中神センセイには成仏《ジョーブツ》してもらいましょ」

白衣の救急救命士がふたりあらわれ、「もういいですね」と由紀子に声をかけて担架をかつぎあげた。岸本が両手に紙袋をさげたままつきそっていった。

由紀子と岸本を乗せた救急車が走り出してから、涼子と私は、同時に「あ」と声をあげた。

「岸本のアホ！　あたしの服を持っていったわ。こんなカッコでどうするのよ！」

憤然《ふんぜん》となった涼子を見やると、私はコートをぬいだ。涼子の肩にかける。岸本が両手に紙袋を持ったままだったのに、その意味に気づかなかった私もマヌケだった。

「よろしい、すこしは気がきくようになったわね」

「修業の成果だと思ってください」

「まだ満点とはいえないわよ。ああ、つかれた。たったひと晩で、ギリシア神話の英雄何人分ものはたらきをしたんだものね。すこしすわりたいわ」

「残念ですが、椅子《いす》がありませんね」

私がいうと、涼子は右手をあげて、そばのパトカーの車体をたたいた。前庭にキュウクツそうにとまっているパトカーの一台だ。すぐ近くに立っていた警官が、涼子を見て眼をみはり、ついで、ぎょっとしたように半歩しりぞく。「ドラよけお涼」を知っているのだろう。そっぽを向いたのは、見て見ぬフリをすると心に決めたからのようだ。賢明なことである。

「このボンネットに腰かけなさいよ」

「あなたは腰かけないんですか」

「いいからすわるの！」

ヤケッパチの気分で、私は神聖なるパトカーのボンネットに腰をおろした。さいわい、ぬれてはいなかった。すると涼子は、コートの裾《すそ》をはねあげるようにして、私のひざの上に横ずわりしたのだ。私はギョウテンした。みずみずしい弾力にとんだ感触は、それはそれはすばらしかったが。

「あのですね、薬師寺警視……」

「君は椅子なの。椅子は口をきかない！」

私は口を閉ざし、晴れわたった夜空を見あげた。晩秋《ばんしゅう》の星座が私を見おろしている。とうとう私の肩書は「椅子」になってしまった。さぞご先祖さまがあの世でなげいていることだろう。

と、私のひざの上で涼子が愉《たの》しそうに笑った。

「警視総監が、いまごろノコノコやって来たわよ。ここであいつと話をつけて、あたしたちのしたことを不問《ふもん》に付《ふ》すようにさせるから、もうすこしこのままでね。そのあと、どこかでワインでも飲んでから解放してあげる」

私は視線を動かした。コートを着こんでおともをひきつれた初老《しょろう》の警察官僚が、パトカーの前で立ちどまり、茫然《ぼうぜん》と私たちを凝視《ぎょうし》しているのが見えた。


（了）

参考資料

警察が狙撃された日　三一書房
日本警察の現在　岩波書店
警察官僚・増補版　勁文社
警察学入門　アスペクト
警察官の掟　三笠書房
ある警視総監日記　新潮社
大統領たちが恐れた男　新潮社（文庫）
裸の警察　宝島社
大蔵官僚の正体　宝島社
大蔵官僚の病気　宝島社
科学捜査マニュアル　同文書院
巡査部長のホンネ手帳　第三書館
犯罪捜査　河出書房新社（文庫）
世界の幻想文学　自由国民社
世界未確認生物事典　柏書房
空想刑事読本　ぶんか社

解説「わたしは〝錫製のフクロウのブローチ〟になりたい」

西澤保彦

拝啓、薬師寺涼子さま。

おひさしぶりでございます。いまこの手紙をしたためているのが西暦二〇〇二年三月ですので、〈薬師寺涼子の怪奇事件簿〉シリーズ（現時点での）最新刊『クレオパトラの葬送』（講談社ノベルス）が刊行されてから、およそ三ヵ月ぶりになりますかしら。え。いやその。「誰よアンタは」とおっしゃるのは至極ごもっともですが、不肖《ふしよう》わたくしめは涼子さまの熱烈な崇拝者のひとりとお考えいただければと。あ。だから。お待ちくださいってば。ほんのちょこっと。少しのお時間でけっこうですから。話を聞いてくださいまし。せっかくこうして（何かのまちがいかもしれないとはいえ）一筆啓上つかまつる機会を得られたんですから。ほんと。もう生きている限り二度とない僥倖《ぎようこう》なんですから。この忠臣めの言葉にお耳を。あ。あ。判っております。はい。判っておりますとも。涼子さまの〝忠臣〃はこの世にたったひとりしかいないことは。もう重々。つまりは単なる言葉の綾《あや》で。と。ともかくお聞きください。

涼子さまに初めてお会いしたのは、忘れもしません、一九九六年十月。講談社文庫創刊二十五周年にあたり文庫特別書き下ろし作品として〈薬師寺涼子の怪奇事件簿〉シリーズ第一弾『魔天楼』が刊行された時でございました。帯には「美人警視が衝撃デビュー〃傍若無人〃の名推理！」という惹句が躍っておりました。この際正直に申しますが、わたしは最初「またそんなベタな設定を」といささか斜に構えたとでもいいましょうか、鼻であしらうような気持ちでおりました。いえ。決して言い訳するつもりはありませんが、それも無理ない側面がありまして。だってそうでしょう。涼子さまの経歴は「華麗」のひとことで済ませるにはあまりにもスゴすぎます。東大法学部卒。司法試験、外交官試験、国家公務員Ⅰ種試験、すべて在学中に合格。国際刑事警察機構《インターポール》にも出向経験有り、現在の階級は警視の女性キャリア。年齢はまだ二十七歳で「アテナ女神の美貌」（『魔天楼』その他より）と「足の爪だけで、一万人の男を悩殺できる」（『クレオパトラの葬送』より）ナイスバディまで兼ね備え、ご尊父の経営する警備保障会社の配当金が年に三億円も転がり込んでくるオカネモチときては、想像力に限界のある小市民の哀しさ、うっとり憧れる以前に、いまどきこれはどうよと辟易《へきえき》するのも致し方なしとどうかご理解くださいまし。「ドラよけお涼」という通り名の由来ともなった「ドラキュラもよけて通る」悪辣《あくらつ》さ、性格の悪さにしても（こうなれば

〝お約束〟とも言うべきで）パーフェクトな涼子さまをさらに華やかに引き立てこそすれ、決してイメージを損なう瑕《きず》とは思えませんでしたし。

要するに「いくら現代の男どもが軟弱でM《マゾ》傾向が強いからといって（そのニーズに応えるために）ここまで極端なヒロイン像を設定しなくてもなあ」と、そんな小賢《こざか》しい反感を抱いてしまったのでした。ちょっと待て、反感を抱いたというならそもそもなぜオマエは『魔天楼』を読んだのだとツッコミを入れられそうですが、それはそのですね、他ならぬわたし自身、前掲の「軟弱でM傾向の強い」人間だからでして。はい。ベタな設定とはいえ、これはこれでなかなか楽しめそうかなと思。ま。まあその。むにゃむにゃ。

ところが、いざ蓋を開けてみると「なかなか楽しめそう」どころの話ではありませんでした。『魔天楼』を読了後、わたしのそのような小賢しい反感は木《こ》っ端微塵《ぱみじん》となり、跡形も残っておりませんでした。ああっ、涼子さまっ。お嗤《わら》いくださいまし。爾来《じらい》わたくしは恋の病《やまい》に陥ってしまったのでございます。いえ、一人前に「恋」などと称するのもおこがましいかもしれませんが、ともかく寝ても覚めても考えるのは涼子さまのことです。とり憑かれたように『魔天楼』を読み返し、涼子さまの「無能者にネタまれるのはいい気持だわ、オッホホホ」という高笑いや「あたしは無欲な人間だからね。欲ばりどもみたいに、世界を平和に、とか、全人類を幸福に、なんてだいそれたことは願わないの。あたしひとりが幸福なら、それ以上のことは要求しないわ。謙虚でしょ？」などの名科白《めいせりふ》に陶然と聞き惚れる日々。また日々。「あたしにさからう奴に人権などない！」……ああ。なんと妙《たえ》なる響きでございましょう。うっとり。

何よりもわたしの身も心をも打ち震わせたのは、涼子さま自ら「この脚を隠すなんて、人類の損失よ」と豪語されるおみ足でございました。その脚線美。その破壊力。「あたしの脚は、ただ観賞するためだけのものじゃないんだから。悪を蹴散らし、邪を踏みつぶす正義の脚なのよ！」おお。おお。これぞ天下無敵。すばらしい。すばらしいっ。

『魔天楼』の副題が〈薬師寺涼子の怪奇事件簿〉となっている以上、これはシリーズ作品であり、続編がいずれ刊行されるはず。いつだ。それはいつなのだ。涼子さまの新たなる活躍を待ち望むわたしはまさしく一日千秋の思い。しかし涼子さまの「伝記作家」であるところの田中氏はなにしろ超多忙な御方。他のお仕事にかまけて、いつ新作を書いてくださるものやらはなはだ心許《こころもと》ない状態でした。『魔天楼』の「あとがき」を見ますと、「ストレス解消のためにこんな作品を書いてみました」とあります。お。そうか。田中氏はストレスが溜まると涼子さまの伝記をお書きになるのだな。これは大発見。ということは氏に過剰なストレスを加えてさしあげれば新刊が早く読めるという理屈になるわけで。などと涼子さまを恋い焦がれるあまり、田中氏のストレスを一気に増加させるためには自ら悪戯《いたずら》電話や不審郵便物攻勢でも仕掛けるか、なんてアブナい算段までしてしまうわたしなのでした。氏の住所も電話番号も知らなかったのがサイワイでしたが。いやほんとに。

『魔天楼』からほぼ二年後。講談社から文芸誌〈小説現代メフィスト〉十月増刊号が送られてきたのは一九九八年のことでした。え。なぜそんなものが送られてくるのかって。それがたまたま拙作も掲載されておりましたもので。はい。ものかきなんです、一応わたしも。ちなみに現在も、涼子さまと同じく〈事件簿〉という副題付きのその某シリーズを続け。あ。はいはい。どうでもいいですね、そんなことは。ともかく。何の気なしに〈メフィスト〉をぱらりと捲《めく》ったわたしの眼に飛び込んできたのはなんと、見開きページいっぱいに拡がった垣野内成美氏の手による美麗なイラストではありませんか。「わ。わ。わ」そうです。それこそが本作品『東京ナイトメア』の初出、三五〇枚一挙掲載でした。「りょ。涼子さま。わ。涼子さまあっ」腰に両手を当てて仁王立ちになった凜々《りり》しい御姿、その爪先があるとおぼしき箇所に額《ひたい》をこすりつけてひれ伏したことは改めて申すまでもございません。どうか従僕とお呼びください。それが叶《かな》わぬならば、せめてポチとでも。

期待にたがわず『東京ナイトメア』でも涼子さまパワーは爆裂全開でございました。なにしろ「あたし、父親の名は唯我独尊《ユイガドクソン》、母親の名は傍若無人《ボージャクブジン》っていうんだから」ときちゃうんだから。うわあ。「必然性⁉ オーッホホホホ！ 何が必然で何が偶然かは、あたしが決めるわ」わあい。「うるさいわね。必然性よりあたしらしさのほうがダイジよ！」きゃあ。ぱちぱちぱち。極めつけはモンスターを召還しようとした敵に向かって無造作にステッキを投げつけ、「呪文をとなえ終わるのを、手も出さずに待ってあげるほど、あたしがフェアだとでも思ってたの？　オーッホホホホ、オロカ者！」……ああっ涼子さま。すてき。しびれますぅ。もっと。もっと言ってやってちょうだいっ。

　思い返してみれば、涼子さまは「名言のデパート」とでも称されるべき御方です。その最強の例が、シリーズ第三作『巴里《パリ》・妖都変』（光文社カッパ・ノベルス／二〇〇〇年一月刊行）のクライマックスにおける敵とのやりとりでしょう。部下の泉田準一郎クンがもう殺されているかもしれないぞと脅してくる相手に向かって涼子さまは、「何くだらないヨタを飛ばしてるのさ。そんなこと、あたしが信じると思ってるの？」と一喝されます。「だって泉田クンが死ぬはずないでしょ！　死んでいいって許可を、あたしは出していないもの。あたしの許可がないかぎり、あいつはあたしより先に死んだりできないの！」

か……かっこいい。なんと説得力に満ちたお言葉でございましょう。なんと溢れんばかりの愛。涙なくしては読めません。え。あ。まあそうですね。はい。田中氏もそこんところは、はっきりとは書いておられませんが。でもねえ。こんなの誰が読んでも明らかじゃありませんか。何かといえば彼のネクタイを摑んで引き寄せるわ、膝を椅子がわりにするわ、SP栄転の話を勝手につぶしちまうわ、自宅に上げて手料理を御馳走するわ（彼本人は、人体実験の材料にされたんだと穿《うが》ち過ぎた解釈をしてますが）、ホットパンツ姿で肩車をさせるわ、「覚悟しておくのね。一生、苦労させてやるから」（『クレオパトラの葬送』より）などと怖いんだか甘やかなんだかよく判らない恫喝をするわと、かくも枚挙にいとまのない涼子さまの泉田クンに対する態度の数々はどこからどう見ても好。あ痛。あわ。わ。判。判りましたわかりました。やめます。無粋な分析はやめます。でも。

でもやはり涼子さまを語るにあたって、泉田クンの存在は不可欠でございます。よろしい。ここはひとつ、泉田クンの側からおふた方の関係を見てみることに致しましょう。まあそうおっしゃらずにお聞きください。『巴里・妖都変』の中で「男にカネや権力なんて要求する気はないわ」とした上で「あたしが惚れてやるとしたら、敵と戦うとき安心して背中をあずけることのできる男よ」と続ける涼子さまの言葉を受けて泉田クンは胸中こう独白します。「薬師寺涼子が男性観など語るのはめずらしいことだ。惚れられた男のほうは、とんだ災難だと思うが」……って。まさにこの直後、誰かさんに背中をあずけた恰好で涼子さまが大活劇シーンに突入することになる展開に鑑《かんが》みれば、そりゃあんただアンタと野暮なツッコミを入れたくなるのが人情ってものですが、それはさておき。

泉田クンが類稀《たぐいまれ》なる朴念仁であることは疑い得ません。当然です。逆に己れの〝厚遇〟にあぐらをかいてヤニさがるような男なら、涼子さまは最初からハナもひっかけなかったでしょうし。いや、そもそも他者の心情云々《うんぬん》以前に、泉田クンは自分自身の気持ちにも疎《うと》い。疎すぎる。それはまあ無理もない面もあります。『魔天楼』の中で彼はこう独白している。「(お互いの研修時代に)性格が悪いこともたちまちわかったから、私は、涼子にあこがれるなどという危険な所業《マネ》はしなかった」と。なるほど。この思い込みが、ある種の抑圧として機能し、己れの真情を封印している。そんな解釈も可能でしょう。

ただしここで重要なのは、泉田クンは「涼子の性格さえよければ自分も素直に彼女にあこがれていただろう」などと退嬰的《たいえいてき》な願望を述べているわけではない、ということです。これは確信をもって断言しますが、彼は「ドラよけお涼」の悪辣さも何もかもすべて含めた、ありのままの薬師寺涼子に強烈に魅《ひ》かれている。だからこそ自分でも「危険」という表現を使っているわけで、語るに落ちるとはこのことです。前述した「抑圧」にしてもシリーズを追うごとに弱体化されてゆく様子がありありと窺える。例えば『巴里・妖都変』の中で、涼子さまの完全無欠の美は剝製《はくせい》にして飾っておくのが一番いいなどとアブノーマルな妄想をほざく敵に対して泉田クンは「ばかばかしい」と喝破《かっぱ》します。「お涼は生きているからこそ美しいんだ。造形的な美しさなんて、ごく一部のことでしかない。あの美しさは生命のかがやきがもたらしてるものだ」と。「お涼」だって……。きゃあっ。

どうですかどうですか。言う時ゃ言いますよ、泉田クンも。これが切ない愛の告白でなくて何でありましょうや。彼はまた同作の他の箇所でも「(他の某女性キャラ)が落ちぶれた女帝だとすれば、涼子は永遠の女王だった。ほめすぎかもしれないが、全面的な敗北に直面しても、涼子が精彩を失うことはないだろう」と独白している。また『クレオパトラの葬送』の中でも「涼子には陽性の生命力があふれていて、邪悪でワガママではあっても、淫靡《いんび》とか頽廃《たいはい》とかいう表現が似合わないのである」と述べ、「(またしても他の某女性キャラクターと比較して）こういう実例に接するつど、薬師寺涼子の美しさが造形的なものだけに由来するのでないことが、「よくわかる」とまで言ってのけている。ここまでくると、ほとんどノロケじゃないかとわたしなどは思ってしまうわけで。っ痛。た。な。なんですか。な。何かお気にさわり。

え。え。涼子さまの大切な部下を貶《おとし》めようなんて。そんな。わたし断じてそんな意図はありませんです。そうですか？　必要以上に辛辣に聞こえましたか。そうかなあ。いや。それはもちろんわたし、羨ましいですよ、泉田クンのことが。も、めちゃくちゃ羨ましいっす。でもそれはわたしだけの話じゃありません。性別を問わず、泉田クンのことを羨んでいない読者なんていませんよ。ほんとですってば。その証拠に、いつも美麗なイメージイラストを描かれている垣野内成美さんでさえ『魔天楼』のドラマＣＤのブックレットの中で「うわ……冒頭から何てワイルドでステキなお涼さま♡／ああ、おそばにいる泉田クンがうらやましい。泉田くんの目になってお涼さまの勇姿を見ていたい」と語っておられるくらいですから。ええ。

オマエの場合は羨むというより妬《ねた》んでいるんだろうって？　いや。それはちがいます。断じてちがう。妬むっていうのはやはり、お互い同じ土俵に立っての話であって、わたしはとても泉田クンの足元にも及びません。はい。なにやら厭世的《えんせいてき》で鬱《うつ》な語調のモノローグに騙《だま》されそうになりますけど、泉田クンて実は男らしくてカッコいい御仁じゃありませんか。でしよ。本書『東京ナイトメア』でも、敵に対して一歩も引かず、見事な剣術の腕前を披露しているし。ねえ。軟弱なM男のわたしゃとても、あんなふうにはなれません。

妬んでいるといえば、むしろ岸本のほうですよ。そう。アイツは許せんっ。親近感みたいなものも覚えないではないですけど。わたしもタイトフィット系フェチが入ってますから。ええ。レオタードも好きです。大好きです。念のためにお断りしておきますが、自分が着るわけじゃなくて、レオタード姿の女性が好きだという意味ですので、そこんとこよろしく。はい。脚フェチです。だからこそ『魔天楼』でいきなり涼子さまに尻を蹴り上げられて折檻《せっかん》されるという栄誉にあずかった岸本のやろーが憎たらしいんですよ。ちくしょお。この果報者めがっ。おまけに本書『東京ナイトメア』では、あろうことか涼子さまの網タイツ姿まで拝みやがって。うぬ。おのれおのれ。岸本明、許すまじ。

失礼。度を失ってしまいました。ま。まあね。岸本某のことなんかはね、ええ、どうでもいいんです。泉田クンが羨ましい。要するにわたしが言いたいのはそのひとことに尽きるんです。でも、さっきも言ったように逆立ちしたって彼のようにはなれっこない。あ。そういえば『クレオパトラの葬送』で泉田クンが涼子さまに錫《すず》製のフクロウのブローチをプレゼントするシーンが出てきますね。どうでしょう。この際「ハイヒールは脱いで二〇デニールの黒タイツを穿いた涼子さまにうりうりと踏まれてみたい」なんて厚かましいことは申しませんから、せめてあのフクロウのブローチにわたしはなりたいなあ、なんて。あ。充分に厚かましいですかそうですか。

え。だらだらと長ったらしい戯言《ざれごと》はいい加減にしろ？　そ、そんなあ。わたしにはまだまだ語りたい思いの丈《たけ》がいっぱいあるんですよう。室町由紀子さんや、リュシエンヌとマリアンヌのメイドコンビのこととか。はい。はいはい。判りました。判りましたよ。もうこの辺で筆を擱《お》くことに致します。

涼子さま。次回もやりたい放題の大暴れ、もとへ、謎の怪物たちから正義を守る大活躍を期待しております。その時までどうかご自愛なさいますように。伝記作家の田中芳樹先生にもよろしくお伝えくださいまし。

恐惶謹言

二〇〇二年三月吉日

本書は一九九八年十月に講談社ノベルスとして刊行されたものです。

|著者|田中芳樹　1952年熊本県生まれ。学習院大学大学院修了。'77年第3回幻影城新人賞、'88年第19回星雲賞を受賞。壮大なスケールと緻密な構成で、SFロマンから中国歴史小説まで幅広く執筆を行う。著書に『創竜伝』シリーズ、『薬師寺涼子の怪奇事件簿』シリーズ、『夏の魔術』シリーズ、『銀河英雄伝説』シリーズ、『西風の戦記《ゼピュロシア・サーガ》』、『岳飛伝』、『「イギリス病」のすすめ』(共著)、『中欧怪奇紀行』(共著)など多数。2005年『ラインの虜囚』(講談社ミステリーランド)で第22回うつのみやこども賞を受賞した。『薬師寺涼子の怪奇事件簿』シリーズ既刊文庫に『魔天楼』『巴里《パリ》・妖都変』『クレオパトラの葬送』『黒蜘蛛島《ブラックスパイダー・アイランド》』『夜光曲』がある。

田中芳樹公式サイトURL　http://www.wrightstaff.co.jp/

東京《とうきょう》ナイトメア　薬師寺涼子《やくしじりょうこ》の怪奇事件簿《かいきじけんぼ》
田中芳樹《たなかよしき》

2002年4月15日第1刷発行
2008年6月19日第7刷発行

発行者——野間佐和子
発行所——株式会社 講談社
東京都文京区音羽2-12-21　〒112-8001
電話 出版部 (03) 5395-3510
販売部 (03) 5395-5817
業務部 (03) 5395-3615

Printed in Japan

講談社文庫
定価はカバーに表示してあります

デザイン—菊地信義
製版——大日本印刷株式会社
印刷——凸版印刷株式会社
製本——株式会社国宝社

落丁本・乱丁本は購入書店名を明記のうえ、小社業務部あてにお送りください。送料は小社負担にてお取替えします。なお、この本の内容についてのお問い合わせは文庫出版部あてにお願いいたします。

ISBN4-06-273406-0

講談社文庫刊行の辞

二十一世紀の到来を目睫に望みながら、われわれはいま、人類史上かつて例を見ない巨大な転換期をむかえようとしている。

世界も、日本も、激動の予兆に対する期待とおののきを内に蔵して、未知の時代に歩み入ろうとしている。このときにあたり、創業の人野間清治の「ナショナル・エデュケイター」への志を現代に甦らせようと意図して、われわれはここに古今の文芸作品はいうまでもなく、ひろく人文・社会・自然の諸科学から東西の名著を網羅する、新しい綜合文庫の発刊を決意した。

激動の転換期はまた断絶の時代である。われわれは戦後二十五年間の出版文化のありかたへの深い反省をこめて、この断絶の時代にあえて人間的な持続を求めようとする。いたずらに浮薄な商業主義のあだ花を追い求めることなく、長期にわたって良書に生命をあたえようとつとめるところにしか、今後の出版文化の真の繁栄はあり得ないと信じるからである。

同時にわれわれはこの綜合文庫の刊行を通じて、人文・社会・自然の諸科学が、結局人間の学にほかならないことを立証しようと願っている。かつて知識とは、「汝自身を知る」ことにつきていた。現代社会の瑣末な情報の氾濫のなかから、力強い知識の源泉を掘り起し、技術文明のただなかに、生きた人間の姿を復活させること。それこそわれわれの切なる希求である。

われわれは権威に盲従せず、俗流に媚びることなく、渾然一体となって日本の「草の根」をかたちづくる若く新しい世代の人々に、心をこめてこの新しい綜合文庫をおくり届けたい。それは知識の泉であるとともに感受性のふるさとであり、もっとも有機的に組織され、社会に開かれた万人のための大学をめざしている。大方の支援と協力を衷心より切望してやまない。

一九七一年七月

野間省一

講談社文庫　目録

高橋克彦　書斎からの空飛ぶ円盤
高橋克彦　降魔王
高橋克彦　鬼
高橋克彦　火怨〈北の燿星アテルイ〉(上)(下)
高橋克彦　時宗　壱　乱星
高橋克彦　時宗　弐　連星
高橋克彦　時宗　参　震星
高橋克彦　時宗　四　戦星〈全四巻〉
高橋克彦　京伝怪異帖　巻の上　巻の下
高橋克彦　天を衝く(1)〜(3)
高橋克彦　ゴッホ殺人事件(上)(下)
高橋克彦　竜の柩(1)〜(6)
高橋克彦　刻謎宮(1)〜(4)
高橋　治　男波女波〈放浪一本釣り〉(上)(下)
高橋　治　星の衣
高樹のぶ子　妖しい風景
高樹のぶ子　エフェソス白恋
高樹のぶ子　満水子(上)(下)
田中芳樹　創竜伝1〈超能力四兄弟《ドラゴン》〉
田中芳樹　創竜伝2〈摩天楼の四兄弟《ドラゴン》〉
田中芳樹　創竜伝3〈逆襲の四兄弟《ドラゴン》〉
田中芳樹　創竜伝4〈四兄弟《ドラゴン》脱出行〉
田中芳樹　創竜伝5〈蜃気楼都市《ミラージュ・シティ》〉
田中芳樹　創竜伝6〈染血の夢《ブラッディ・ドリーム》〉
田中芳樹　創竜伝7〈黄土のドラゴン〉
田中芳樹　創竜伝8〈仙境のドラゴン〉
田中芳樹　創竜伝9〈妖世紀のドラゴン〉
田中芳樹　創竜伝10〈大英帝国最後の日〉
田中芳樹　創竜伝11〈銀月王伝奇〉
田中芳樹　創竜伝12〈竜王風雲録〉
田中芳樹　創竜伝13〈噴火列島〉
田中芳樹　魔天楼〈薬師寺涼子の怪奇事件簿〉
田中芳樹　東京ナイトメア〈薬師寺涼子の怪奇事件簿〉
田中芳樹　巴里《パリ》・妖都変〈薬師寺涼子の怪奇事件簿〉
田中芳樹　クレオパトラの葬送〈薬師寺涼子の怪奇事件簿〉
田中芳樹　黒蜘蛛島《ブラックスパイダー・アイランド》〈薬師寺涼子の怪奇事件簿〉
田中芳樹　夜光曲〈薬師寺涼子の怪奇事件簿〉
田中芳樹　西風《ゼピュロシア・サーガ》の戦記
田中芳樹　夏の魔術
田中芳樹　窓辺には夜の歌
田中芳樹　書物の森でつまずいて……
田中芳樹　白い迷宮
田中芳樹　春の魔術
田中芳樹　幸田露伴 原作　運命〈二人の皇帝〉
田中芳樹　土屋守　「イギリス病」のすすめ
田中芳樹ほか文　皇名月画・文　中国帝王図
田中芳樹　赤城毅　中欧怪奇紀行
田中芳樹 編訳　岳飛伝〈青雲篇〉(一)
田中芳樹 編訳　岳飛伝〈烽火篇〉(二)
田中芳樹 編訳　岳飛伝〈風塵篇〉(三)
田中芳樹 編訳　岳飛伝〈悲曲篇〉(四)
田中芳樹 編訳　岳飛伝〈凱歌篇〉(五)
高任和夫　架空取引
高任和夫　粉飾決算
高任和夫　告発倒産
高任和夫　商社審査部25時〈知られざる戦士たち〉
高任和夫　起業前夜(上)(下)

高任和夫　燃える氷(上)(下)
高任和夫　債権奪還
谷村志穂　十四歳のエンゲージ
谷村志穂　十六歳たちの夜
谷村志穂　レッスンズ
高村　薫　李歐《りおう》
高村　薫　マークスの山(上)(下)
高村　薫　照柿(上)(下)
多和田葉子　犬婿入り
多和田葉子　旅をする裸の眼
岳　宏一郎　蓮如夏の嵐(上)(下)
岳　宏一郎　御家の狗
武　豊　この馬に聞いた！ フランス激闘編
武　豊　この馬に聞いた！ 炎の復活凱旋編
武　豊　この馬に聞いた！ 大外強襲編
武田　圭　南海楽園〈タヒチ、バリ、モルジブ……サーフィン一人旅〉
高橋直樹　湖賊の風
橘　蓮二
監修・高田文夫　大増補版 おあとがよろしいようで〈東京寄席往来〉
多田容子　柳影
多田容子　女剣士・一子相伝の影
田島優子　女検事ほど面白い仕事はない
高田崇史　QED〈百人一首の呪〉
高田崇史　QED〈六歌仙の暗号〉
高田崇史　QED〈ベイカー街の問題〉
高田崇史　QED〈東照宮の怨〉
高田崇史　QED〈式の密室〉
高田崇史　QED〈竹取伝説〉
高田崇史　QED〈龍馬暗殺〉
高田崇史　QED〜ventus〜〈鎌倉の闇〉
高田崇史　QED〈鬼の城伝説〉
高田崇史　試験に出るパズル〈千葉千波の事件日記〉
高田崇史　試験に敗けない密室〈千葉千波の事件日記〉
高田崇史　試験に出ないパズル〈千葉千波の事件日記〉
高田崇史　麿の酩酊事件簿〈花に舞〉
高田崇史　麿の酩酊事件簿〈月に酔〉
竹内玲子　笑うニューヨーク DELUXE
竹内玲子　笑2ニューヨーク DYNAMITES
竹内玲子　笑うニューヨーク DANGER
竹内玲子　踊るニューヨーク Beauty Quest
団　鬼六　外道の女
高野和明　13階段
高野和明　グレイヴディッガー
高野和明　K・Nの悲劇
高里椎奈　銀の檻を溶かして〈薬屋探偵妖綺談〉
高里椎奈　黄色い目をした猫の幸せ〈薬屋探偵妖綺談〉
高里椎奈　悪魔と詐欺師〈薬屋探偵妖綺談〉
高里椎奈　金糸雀《カナリア》が啼く夜〈薬屋探偵妖綺談〉
高里椎奈　緑陰の雨　灼けた月〈薬屋探偵妖綺談〉
高里椎奈　白兎が歌った蜃気楼〈薬屋探偵妖綺談〉
高里椎奈　本当は知らない〈薬屋探偵妖綺談〉
高里椎奈　蒼い千鳥　花霞に泳ぐ〈薬屋探偵妖綺談〉
高里椎奈　双樹に赤　鴉の暗《くろ》〈薬屋探偵妖綺談〉
大道珠貴　背く子
大道珠貴　ひさしぶりにさようなら
大道珠貴　傷口にはウオッカ
高橋　和　女流棋士
高木　徹　ドキュメント 戦争広告代理店〈情報操作とボスニア紛争〉

平安寿子　グッドラックららばい
高梨耕一郎　京都　風の奏葬
高梨耕一郎　京都半木の道　桜雲の殺意
日明《たちもり》　恩《めぐみ》　それでも、警官は微笑《わら》う
日明　恩　鎮火報〈Fire's Out〉
多田克己　絵・京極夏彦　百鬼解読
竹内　真　じーさん武勇伝
たつみや章　ぼくの・稲荷山戦記
たつみや章　夜の神話
たつみや章　水の伝説
橘　もも　バックダンサーズ！
橘もも／三浦天紗子　百瀬しのぶ／田浦智美　サッド・ムービー
武田葉月　ドルジ　横綱・朝青龍の素顔
高橋祥友　自殺のサインを読みとる〈改訂版〉
田中文雄　鼠《ねず》舞《まい》
立石泰則　ソニー最後の異端〈近藤哲二郎とA³研究所〉
陳　舜臣　阿片戦争 全三冊
陳　舜臣　中国五千年(上)(下)
陳　舜臣　中国の歴史 全七冊

陳　舜臣　中国の歴史　近・現代篇 (一)(二)
陳　舜臣　小説十八史略 全六冊
陳　舜臣　琉球の風 全三冊
陳　舜臣　獅子は死なず
陳　舜臣　小説十八史略　傑作短篇集
陳　舜臣　神戸　わがふるさと
張《チャン》　仁《イン》淑《スク》　凍れる河を超えて(上)(下)
筒井康隆　ウィークエンド・シャッフル
津島佑子　火の山―山猿記(上)(下)
津村節子　智恵子飛ぶ
津村節子　菊日和
津本　陽　塚原卜伝十二番勝負
津本　陽　拳豪伝
津本　陽　修羅の剣(上)(下)
津本　陽　勝つ極意　生きる極意
津本　陽　下天は夢か 全四冊
津本　陽　鎮西八郎為朝
津本　陽　幕末剣客伝
津本　陽　武田信玄 全三冊

津本　陽　乱世、夢幻の如し(上)(下)
津本　陽　前田利家 全三冊
津本　陽　加賀百万石
津本　陽　真田忍俠記(上)(下)
津本　陽　歴史に学ぶ
津本　陽　おおとりは空に
津本　陽　本能寺の変
津本　陽　武蔵と五輪書
津本　陽　幕末御用盗
津村秀介　洞爺湖殺人事件
津村秀介　水戸の偽証〈三島着10時31分の死者〉
津村秀介　浜名湖殺人事件〈富士―博多間37時間30分の謎〉
津村秀介　琵琶湖殺人事件〈ハイパー有明14号「13時45分」の死角〉
津村秀介　白樺湖殺人事件〈L特急「あずさ13号」空白の接点〉
司城志朗　恋ゆうれい
土屋賢二　哲学者かく笑えり
土屋賢二　ツチヤ学部長の弁明
塚本青史　呂后

講談社文庫　目録

塚本青史　王莽
塚本青史　光武帝 (上)(中)(下)
塚本青史　張騫
塚本青史　凱《がい》歌《か》の後《のち》
辻村深月　冷たい校舎の時は止まる (上)(下)
辻村深月　子どもたちは夜と遊ぶ (上)(下)
辻原　登　マノンの肉体
出久根達郎　佃島ふたり書房
出久根達郎　たとえばの楽しみ
出久根達郎　おんな飛脚人
出久根達郎　世直し大明神〈おんな飛脚人〉
出久根達郎　御書物同心日記
出久根達郎　続 御書物同心日記
出久根達郎　御書物同心日記　虫姫
出久根達郎　土龍《もぐら》
出久根達郎　俥《くるま》宿《やど》
出久根達郎　二十歳のあとさき
ドウス昌代　イサム・ノグチ(上)(下)〈宿命の越境者〉
童門冬二　戦国武将の宣伝術〈隠された名将のコミュニケーション戦略〉

童門冬二　日本の復興者たち
童門冬二　夜明け前の女たち
童門冬二　改革者に学ぶ人生論〈江戸グローカルの偉人たち〉
鳥井架南子　風の鍵
鳥羽　亮　三鬼の剣
鳥羽　亮　隠《おぬ》猿《ざる》の剣
鳥羽　亮　鱗光の剣〈深川群狼伝〉
鳥羽　亮　蛮骨の剣
鳥羽　亮　妖鬼の剣
鳥羽　亮　秘剣 鬼の骨
鳥羽　亮　浮舟の剣
鳥羽　亮　青江鬼丸夢想剣
鳥羽　亮　双つ龍〈青江鬼丸夢想剣〉
鳥羽　亮　吉宗謀殺〈青江鬼丸夢想剣〉
鳥羽　亮　風来の剣
鳥羽　亮　影笛の剣
鳥羽　亮　波之助推理日記
鳥羽　亮　からくり小僧〈波之助推理日記〉
鳥羽　亮　天狗の塒《ねぐら》〈波之助推理日記〉

鳥越　碧　一葉
東郷　隆　御町見役うずら伝右衛門(上)(下)
東郷　隆　御町見役うずら伝右衛門・町あるき
東郷　隆　銃士伝
東郷　隆／上田　信 絵　【絵解き】戦国武士の合戦心得〈歴史・時代小説ファン必携〉
東郷　隆／上田　信 絵　【絵解き】雑兵足軽たちの戦い〈歴史・時代小説ファン必携〉
戸田郁子　ソウルは今日も快晴〈日韓結婚物語〉
とみなが貴和　EDGE《エッジ》
とみなが貴和　EDGE2〈三月の誘拐者〉
東嶋和子　メロンパンの真実
戸梶圭太　アウトオブチャンバラ
夏樹静子　そして誰かいなくなった
中井英夫　新装版虚無への供物(上)(下)
長尾三郎　人は50歳で何をなすべきか
長尾三郎　週刊誌血風録
南里征典　軽井沢絶頂夫人
南里征典　情事の契約
南里征典　寝室の蜜猟者
南里征典　魔性の淑女牝

2008年6月15日現在